KB095091

RPM
3000

RPM3000 B

가프 장편소설

초판 1쇄 찍은 날 § 2017년 11월 15일
초판 1쇄 펴낸 날 § 2017년 11월 22일

지은이 § 가프
펴낸이 § 서경석

편집책임 § 이선근
편집 § 김슬기

펴낸곳 § 도서출판 청어람
등록번호 § 제387-1999-000006호
등록일자 § 1999. 5. 31
어람번호 § 제1-2799호

주소 § 경기도 부천시 부일로 483번길 40 서경B/D 3F (우) 14640
전화 § 032-656-4452 팩스 § 032-656-4453
http://www.chungeoram.com
E-mail § chungeorambook@daum.net

ⓒ 가프, 2017

ISBN 979-11-04-91542-0 04810
ISBN 979-11-04-91342-6 (세트)

FUSION FANTASTIC STORY

RPM 3000

[완결]

8

가프 장편소설

도서출판 청어람

RPM 3000

Contents

1. Real ACE I

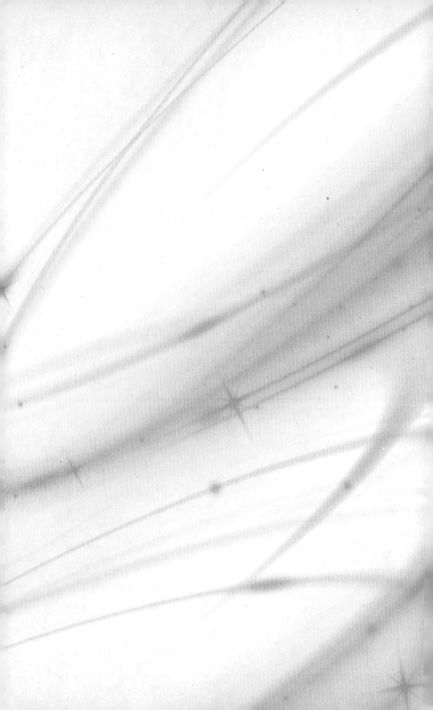

마에다 토모 VS 크리스 스트라스버그.

─마테다 토모 10승 8패 ERA 4.02.

─크리스 스트라스버그 14승 10패 ERA 3.62.

2차전의 선발 무게도 당연 내셔널스 쪽으로 기울었다. 하지만 세상살이가 데이터대로만 흐르는 건 아니다. 둘의 투구 내용은 반대로 나왔다.

마에다 토모.

그 결의답게 기막힌 피칭으로 내셔널스 타자들을 무력화시

컸다. 세로로 떨어지는 투심은 번번이 헛방망이질을 이끌어냈고 위닝샷으로 들어간 2색 슬라이더 역시 위력을 더했다. 8회 말 마지막 타자로 나온 스트라스버그를 삼진으로 잡고 돌아설 때까지 그가 허용한 안타는 단 네 개였다. 1번 타자 미구엘 터너와 3번 타자 오마르 터너, 그리고 6번 아로요 등에게 맞은 것. 다만 오마르 터너에게 맞은 건 펜스 직격 2루타였다.

다행히 6회 초에 선취점도 나왔다. 중전 안타로 나간 인시아테를 리베라가 2루타로 받쳐 선취점을 낸 것이다.

1 대 0.

살얼음판 같은 리드는 9회까지 이어졌다. 토모의 불꽃 투구도 그때까지는 이상이 없었다. 9회 초, 내셔널스는 선발투수를 바꾸지 않았다. 단 1실점으로 호투 중인 스트라스버그. 브레이브스의 정규 이닝 마지막 타자 플라워스를 3루 땅볼로 해치우고 이닝을 접었다. 이제 그는 9회 말을 지켜보는 수밖에 없었다.

9회 말.

스니커 역시 토모를 그대로 올렸다. 4안타 무실점으로 호투한 토모. 투구 수도 92개에 불과해 바꿀 이유가 없었다. 그러나 불펜은 이미 6회부터 총력 가동되고 있었다. 언제든 토모가 삐끗하면 벌떼 출격을 감행할 태세였다.

운명의 9회 말. 토모가 로진백을 건드릴 때 뭔가 이물감이 느껴졌다. 작은 무언가가 손가락을 찌른 것이다. 그게 결국 나쁜 징조가 되고 말았다. 선두 타자로 나온 유격수 터너에게 깨끗한 우전 안타를 뺏긴 것이다. 투심의 세로각이 밋밋하게 형성되면서 빚어낸 실투였다.

헤밍턴이 나왔다. 투수가 교체되었다. 토모는 브레이브스 팬들의 기립 박수를 받으며 마운드를 내려왔다.

"형!"

운비가 엄지를 세워 보였다. 토모는 상기된 볼로 조심스레 웃었다. 아직 9회 말, 노아웃에 주자를 두고 내려온 게 찜찜한 모양이었다.

쾅— 쾅!

충분한 준비를 끝내고 등판한 존슨의 공은 에너지가 탱탱했다. 그 기세로 2번 타자 하퍼를 삼진으로 돌려세웠다. 주자는 여전히 1루, 이때까지도 분위기는 브레이브스 쪽에 있었다.

존슨은 3루수 오마르 터너를 만났다. 오늘도 장타를 기록한 불방망이. 이놈이 우리 편이라면, 하는 아쉬움을 누르며 승부에 전념했다. 싱커와 커브가 잇달아 꽂히면서 투 스트라이크를 잡았다. 여기서 들어간 3구 싱커가 승부의 분수령이 되었다. 공이 미트에 꽂히는 순간, 존슨은 삼진을 예감하며 주먹을 불끈 쥐었지만 심판의 손이 올라가지 않았다.

"……!"

브레이브스 스탠드와 더그아웃도 잠시 침묵했다. 누가 보아도 존을 걸친 공. 정지 화면으로 보여주는 그래픽 역시 걸친 게 확실했다. 그러나 판정은 방송 화면이나 더그아웃의 몫이 아니었다.

화면에 잡힌 터너와 존슨의 표정이 대조의 극한을 보여주었다. 둘의 표정이 묘한 대비를 이룬 것이다. 그리고 이어 들어간 4구가 2차전의 향방을 갈라버렸다.

짝!

다시 날아든 싱커, 구속은 빨랐지만 떨어지는 각이 약간 헐렁했다. 터너의 방망이는 그걸 놓치지 않았다.

"……!"

더그아웃의 운비와 토모가 벌떡 일어섰다. 리베라가 폭주하고 있었다. 그가 손을 뻗어보지만 속절없었다. 공은 어림없는 높이로 펜스를 넘어가 버렸다.

홈런.

투런 홈런이자 끝내기였다.

"와아아!"

내셔널스 팬들의 폭풍 함성과 함께 미구엘 터너가 홈을 밟았다. 그 뒤를 이어 오마르 터너도 홈을 밟았다. 내셔널스 선수들이 달려 나와 두 터너를 반겼다. 마운드의 존슨은 얼어붙은 듯 움직이지 못했다. 운비가 나가 존슨을 위로했다.

"존슨……."

"……."

"아직 챔피언시리즈 끝난 거 아니에요."

"……."

"그렇죠?"

존슨은 가만히 고개를 끄덕였다. 그의 검은 눈동자에는 회한과 자책이 가득 차 있었다.

시리즈 2패.

이제 팬들의 눈은 운비에게로 향했다. 3차전의 선발투수로 내정된 운비. 운비마저 진다면 3패가 되어 셧아웃을 당할 가능성이 큰 까닭이었다. 반대로, 운비가 1승을 책임져 준다면 브레이브스는 반격의 실마리를 풀 수 있었다. 그러나 1, 2차전을 통틀어 침묵하고 있는 브레이브스 타선. 그걸 감안했을 때, 2점 이상을 내주면 승산 없는 상황이었다.

3차전.

지구를 어깨에 올려놓은 듯한 중압감을 받으며 운비, 마침내 브레이브스 홈구장에 등판했다. 3, 4, 5차전이 벌어질 선 트러스트였다.

황운비 VS 조나단 곤잘레스.

―황운비, 17승 6패 ERA 2.58.

―곤잘레스, 11승 12패 ERA 3.94.

상대팀의 3선발과 맞붙는 운비. 벼랑 끝의 3차전이었다.

*   *   *

"황!"

로진백을 만지며 스칼렛의 말을 떠올렸다. 구장으로 오는 차 안이었다. BFP에서 달려온 보젤도 있고 메켄지도 있었다.

"오늘 지게나."

스칼렛은 콜라를 내밀며 덤덤하게 웃었다.

"예?"

운비가 고개를 들었다.

"지라고. 아니, 이미 졌네."

"스칼렛."

"만약 이미 경기가 끝났다면 어떨까? 브레이브스가 지고 내셔널스가 올라갔네. 내일 등판 예정인 콜론까지 난타를 당해서 말이야."

"스칼렛!"

"아아, 흥분할 거 없어. 내 말은 게임을 즐기라는 거야. 이미 다 끝난 거라면 오늘 한 번 더 주어지는 이 기회가 얼마나 살뜰할까? 무슨 뜻인지 알겠나?"

"……."

"브레이브스의 모든 짐을 짊어지기에 황은 아직 어리다네. 의욕은 넘치지만 경험은 부족해. 즐기지 않으면 경직되기 쉽지. 엊그제 토모와 존슨도 그렇지 않았나?"

'토모와 존슨…….'

운비 뇌리에 불덩이가 스쳐갔다. 그랬다. 토모는 비장했지만 비장미가 지나쳤다. 투수가 지향해야 하는 건 최상의 루틴이었다. 지나치게 들떠도 지나치게 경직되어도 좋지 않았다. 존슨도 그랬다. 마지막 볼카운트에 마음이 흔들렸다. 그 미세함이 투구에 영향을 미친 것이다.

'즐기거나.'

스칼렛의 말이 송진 가루에 묻어 날려갔다. 가만히 고개를 들자 스탠드에 그 얼굴이 보였다. 그는 아직도 햄버거에 콜라 잔이다. 옆의 윤서는 잔뜩 상기되어 있지만 스칼렛은 시즌 중의 한 게임을 보는 듯 유유자적해 보였다.

평정심.

'맞아.'

운비는 스칼렛이 시사하는 걸 알았다. 투구가 흔들리는 건 매 공마다 의미를 부여하기 때문이었다. 물론 투수의 각오는 필요했다. 하지만 여기 나오는 선수들 가운데 각오가 없는 선수가 누가 있으랴? 결국 중요한 건 각오보다 평상심이었다.

'명심하죠.'

운비는 고개를 좌우로 움직이며 표정을 고쳤다. 심각하고 무거운 표정을 떼어내고 원래의 표정으로 세팅한 것이다. 무표정의 극치 아이언 마스크.

'시작할까?'

안방을 차지한 스즈키가 미트를 들어 보였다. 오늘 포수는 스즈키가 선발이었다. 플라워스의 최근 컨디션이 바닥세인 까닭이었다.

'좋죠.'

'출발은 역시 시원한 포심 한 방?'

'오늘은 팬 서비스보다 경기 쪽으로.'

'오케이, 커터.'

스즈키의 미트 손목에 힘이 들어갔다.

'후우……'

운비는 홈을 쏘아보며 호흡을 골랐다. 거기 불타오르는 매직 존. 그리고 흰 빛으로 아른거리는 수호령. 운비의 '루틴'은 변한 게 없었다.

3차전.

2패.

1, 2차전을 패한 팀이 월드시리즈에 나갈 확률은 낮았다.

경기장에 들어오기 전 기자들은 그걸 상기시켜 주었다.

'하지만……'

운비는 고개를 저었다. 이제는 옛날이라는 단어가 되어버린 승우의 과거. 그 꼬맹이 투수… 그가 꾸던 메이저 빅 유닛의 꿈.

보란 듯이 이뤘지 않은가? 남들은 하나의 환상이라고 할지 모르지만 운비는 아니었다. 운비에게는 매 순간이 현실이었고 고통이자 고난이었다. 볼 컨트롤, 새로운 구종, 눈만 뜨면 반복되던 악력 키우기, 나아가 어떤 훈련 과정도 묵묵히 참고 이겨낸 시간들. 그것들은 결국 운비의 꿈을 현실로 당겨놓았다. 그 긴 과정에 비하면 2패를 내준 건 일도 아니었다.

'불가능 따위……'

개나 줘버려랏!

불꽃 멘탈을 담은 운비의 초구가 손을 떠났다.

짝!

유격수 터너의 방망이는 초구부터 돌았다. 그들은 이제 운비를 알았다. 제구력이 좋은 이 투수. 자기 공이라고 생각하면 거침없이 공세를 펼치는 것이다.

방망이가 부러지며, 공과 방망이가 둘 다 운비에게로 날아왔다. 방망이는 피하고 공만 잡아 1루로 뿌렸다. 주심의 손을 확인하고서야 부러진 방망이를 집었다. 부러진 내셔널스의 방망이. 운비 입가에 서늘한 미소가 스쳐갔다. 오늘은 왠지, 내 셔널스를 박살 낼 수 있을 것 같았다.

2번 하퍼 역시 공세로 나왔다. 초구를 들어간 커터를 건드렸고, 2구를 들어간 포심도 휘둘렀다. 둘 다 파울이 되며 투 낫씽이 되었다. 3구는 체인지업으로 타이밍을 흩어놓았다. 볼 선언이 되었지만 아슬아슬한 코스였다.

'커터?'

4구에 대한 주문이 들어왔다.

'체인지업.'

운비가 고개를 저었다.

'체인지업?'

'네.'

다시 확인하는 운비. 스즈키는 운비의 의견을 받아들였다. 운비는 패스트 볼 투수. 하퍼라면 커터를 노릴 일이었다. 물론 위험부담은 있었다. 하지만, 야구란 그런 것이었다. 위험하지만 통하면 승부수가 될 수 있는 것.

"와아앗!"

장쾌하게 와인드업을 한 운비, 그만의 독특한 디셉션과 딜리버리로 공을 뿌렸다.

"……!"

커터를 기다리던 하퍼. 어깨를 움찔거리다 배트를 돌렸다.

칠까 말까, 촌각의 시간 안에 결정해야 하는 타자에게 망설임은 쥐약이었다. 하지만 어쩔 수 없었다. 만만해 보이는 공이 오면 대뇌가 먼저 반응을 해버리는 것이다.

부욱!

하퍼가 후려친 건 바람이었다. 그것도 타격 폼이 엉긴 동작으로……

"스트라이크아웃!"

주심의 콜이 시원하게 울려퍼졌다.

투아웃!

타석에 3루수 터너가 들어섰다. 원정 응원을 온 내셔널스 팬들이 광적인 환호를 했다. 시즌 타율 0.378에 빛나는 타격왕. 포스트 시즌에서도 결코 식지 않는 불방망이.

운비는 기억하고 있었다. 1차전, 2차전. 테헤란과 토모는 터너와의 승부에서 패했다. 그게 패인이었다. 오늘 이 게임을 잡으려면 터너를 죽여야 했다. 타석에서 퍼펙트하게……

'커터!'

운비가 먼저 사인을 냈다.

'정면 승부?'

스즈키가 확인에 돌입했다.

'네.'

'까짓것 한번 붙어보자고.'

미트가 몸 쪽으로 이동했다. 터너의 핫 존이 불덩이로 이글거리는 곳이었다.

14, 15, 19, 20, 23, 24, 25……

다행히 터너의 패스트 볼 핫 존은 제법 넓었다. 그곳의 타율은 1할을 상회하는 정도. 순발력이 뛰어난 편이라 레그킥과 손동작으로 타이밍을 조절하지만 운비의 크레이지 커터라면 승부가 될 일이었다.

for the champions stand up.

it s getting close.

일어나, 챔피언이 되려면…….

이제 거의 다 왔어…….

노래 가사를 곱씹으며 초구를 뿌렸다.

쾅!

터너는 기다렸다. 눈 한 번 깜박이지 않고 미트에 꽂히는 커터를 지켜보기만 한 것.

쾅!

2구 역시 커터를 안겨주었다. 이번에도 터너는 배트를 고정시킨 채 공의 무브먼트만 쏘아보았다.

"오마르 터너. 두 개의 스트라이크를 보냈습니다."

중계석에서 폼멜의 목소리가 높아졌다.

"구위를 살펴보는 거 같습니다."

해설자도 가세했다.

"황, 오늘 게임을 수월하게 가져가려면 오마르 터너를 잡아야 하죠?"

"그렇습니다. 미구엘 터너와 하퍼, 짐머만과 머피의 다리 역할입니다. 다리가 견고해지는 걸 막으려면 오마르 터너를 눌러야 합니다."

"하지만 터너는 선구안이 좋고 밀어치기에 능해 커팅 능력이 뛰어납니다."

"손동작이 좋아 배트 컨트롤도 좋지요. 조금 아니다 싶은 공도 쳐내는 능력이 있습니다."

"황의 승부구는 커터가 될까요? 두 개 연속 커터가 들어왔습니다."

"위닝샷은 포심이 될 수도 있지요. 황의 포심에 무브먼트가 제대로 걸린다면 터너도 당할 수밖에 없습니다."

"아, 황이 3구의 투구 동작에 들어갑니다."

폼멜의 말과 함께 3구가 운비의 손을 떠났다. 순간, 운비는 보았다. 터너의 어깨를 타고 내려오는 부드러운 경련. 그는 작심하고 3구를 노리고 있었다.

'커터!'

터너의 직감은 그랬다.

'커터!'

운비의 위닝샷도 커터였다. 코앞까지 날아와 투명한 벽이라도 맞은 듯 방향을 꺾는 커터. 터너에게 던진 공은 앞선 타자들의 RPM과 달랐다. 1구는 RPM 2,400, 2구는 RPM 2,650… 그렇다면 3구는?

'약 2,800……'

터너는 그렇게 생각했다. 지금까지 운비의 투구 패턴이 그랬다. 어떤 팀의 타자를 잡아야겠다고 생각하면 RPM을 높이며 기선을 제압했던 것. 그랬기에 터너는 1구와 2구를 보며 3구를 대비하고 있었다.

과연!

이 루키는 대담했다. 다른 사람도 아니고 내셔널스의 4번 같은 3번, 1번 같은 3번을 타석에 두고 3연속 같은 공을 뿌려댈 수 있다니. 그야말로 운비가 아니면 시도할 수 없는 일이었다. 그러나 그 또한, RPM 조절이 가능했기에 시도할 수 있는 일이었다.

'건방진 루키.'

입술 끝이 올라간 터너의 배트가 바람을 갈랐다. 회전수 2,800을 예상한 궤적이었다.

"……!"

하지만 터너의 심장은 스윙의 중간 부분에서 철렁 흔들렸다. 공이 빠지고 있었다. 손동작이 좋은 터너의 반사 신경이

쫓아갔지만 닿지 않았다.

콰앙!

운비의 커터는 천둥소리를 내며 미트에 꽂혔다. 반대로 터너는 풀 헛스윙을 한 자세로 멈췄다.

"스트럭아웃!"

주심의 콜은 차분하게 나왔다. 그게 오히려 터너의 신경을 건드렸다. 공은 미세하게 배트를 비껴갔다. 루키 역시 사뿐히 터너의 예상을 비껴갔다. 거기에 더한 심판의 낮은 콜과, 마운드를 내려가며 빙그레 머금은 운비의 미소. 마치 네 박자 개무시를 받은 기분이었다.

'Fuck.'

터너는 아랫입술을 깨물며 헬멧을 벗었다.

1회 말.

인시아테가 리크의 의식을 끝내고 타석에 들어섰다. 곤잘레스는 패스트 볼로 시동을 걸었다.

1구—포심, 스트라이크.

2구—체인지업, 볼.

3구—투심, 스트라이크.

4구—커브, 파울.

5구—포심, 파울.

6구—체인지업, 볼.

7구—포심, 볼.

인시아테는 끈질기게 물고 늘어졌다. 존에 알짱거리면 커트를 해냈고 그렇지 않으면 내버려 두었다. 덕분에 불리하던 카운트를 3—2로 세팅한 인시아테였다.

조나단 곤잘레스의 위닝샷은 절벽 커브였다. 낙차와 함께 무브먼트가 좋아 리그 최정상급에 속한다. 8구째, 인시아테는 직감적으로 커브가 들어올 것으로 예상했다. 오늘 곤잘레스의 컨디션이 좋아 보인 것이다.

"와앗!"

짧은 기합과 함께 커브가 날아왔다. 과연 기막힌 각을 이루며 추락했다. 그건 정말이지 '추락'이었다.

'리크의 마법……'

그리고 윤서.

인시아테는 스탠드의 그녀를 생각했다. 출전하기 전 키스를 나누며 맹세를 했다. 무조건 2번 이상 출루하겠다고. 그건 윤서와 운비, 나아가 1, 2차전에서 죽을 쑨 그 자신에 대한 명예 회복이기도 했다.

공이 인시아테의 눈에 들어왔다. 수박은 아니어도, 적어도 큰 자몽 크기는 되어 보였다.

'오너라!'

짝!

배팅 포인트에서 경쾌한 타격음이 울렸다. 힘껏 잡아당긴 공이 쭉 뻗어나갔다.

"쳤습니다!"

중계석의 폼멜이 벌떡 일어섰다. 공은 좌익수 쪽이었다. 좌익수 아로요가 전력 질주하고 있었다. 홈 팬들은 지난 악몽이 떠올랐다. 슈퍼 캐치로 '한 게임'을 먹어버린 아로요. 그가 다시 펜스를 디디며 솟구친 것이다. 하지만 이번에는 글러브가 닿지 않았다.

"와아아!"

함성, 함성.

1루를 향해 달리던 인시아테는 그제야 공이 홈런이 된 것을 알았다. 2루 베이스를 돌며 박수를 쳤다. 그 자신을 향한 격려였다. 그리고, 3루를 돌면서는 스탠드의 윤서를 향해 주먹을 뻗어 보였다.

"인시아테!"

스탠드의 윤서가 울음 범벅으로 화답을 했다. 윤서는 몇 번이고 키스 날리기를 잊지 않았다.

"인시아테… 마침내 막힌 타선이 터지는 겁니까? 선두 타자 홈런으로 선취점을 뽑습니다. 최후의 보루를 지키는 황에게 시원한 홈런을 선물하는 인시아테입니다."

폼멜의 중계음과 함께 인시아테는 축하 세례를 받았다. 기분 좋은 리드를 가져가는 브레이브스였다.

이어 나온 리베라도 우전 안타를 치며 살아나갔다. 켐프 역시 3루수 뒤로 빠지는 타격으로 안타를 만들었다.

노아웃 1, 2루.

초반 집중 3안타로 브레이브스의 분위기가 달아올랐다. 1, 2차전과는 완전하게 변한 모습이었다. 하지만 거기서 제동이 걸렸다. 프리먼의 잘 맞은 타구가 유격수 라이너로 잡히면서 원아웃, 이후에 들어온 스완슨이 4—6—3으로 이어지는 병살타를 치는 바람에 추가점을 내지 못했다.

이후에 곤잘레스가 살아났다. 그의 절벽 커브가 미친 낙차를 이루며 타자들을 무력화시켰다. 브레이브스 타자들은 1회 이후로 안타를 생산하지 못했다.

운비의 역투도 회를 지날수록 빛을 더했다. 3회와 4회에는 여섯 타자 연속 삼진 기록도 세웠다. 물론 위기도 있었다. 6회 원아웃에 짐머만에게 선상을 흐르는 3루타를 맞았던 것. 그러나 후속 타자 머피를 파울 플라이, 아로요를 유격수 땅볼로 요리하며 위기를 일축한 운비였다.

8회가 끝났을 때 운비의 삼진은 무려 11개였고, 곤잘레스 역시 6개의 삼진으로 0의 행진을 계속했다. 점수는 단 한 점, 1회 말 인시아테가 낸 점수가 유일했다.

1 대 0.

9회 초.

브레이브스 벤치는 고민에 빠졌다. 8회 말까지 호투한 운비. 그러나 투구 수가 99개에 달했다. 시스템대로라면 불펜을 가동해야 할 일. 그러나 운비에게 눌린 내셔널스 방망이를 생각하면 한 회를 더 맡기고 싶었다. 완투나 완봉이 문제가 아니었다. 앞선 점수가 고작 한 점이고 엊그제 2차전에서 존슨이 허용한 굿바이 홈런이 눈에 밝히는 까닭이었다. 2번부터 시작되는 내셔널스의 핵타선 때문이었다. 2패로 몰린 브레이브스. 어떻게든 오늘 경기를 잡고 가야 했다.

"어쩔까?"

스니커의 시선이 헤밍톤에게 옮겨갔다.

"제 생각에는……."

투수 코치 헤밍톤의 눈이 운비를 향했다.

마운드.

운비는 그 산을 향해 달렸다. 9회가 되었지만 조금도 변하지 않았다. 높이라야 고작 30㎝ 안팎. 그 산에서 승리를 포효하려면 아웃 카운트 세 개가 필요했다.

"파이팅 황!"

외야의 리베라가 투혼의 시동을 걸었다.

"파이팅!"

"파이팅!"

소리는 외야를 돌아 내야의 스완슨과 알비에스까지 닿았다.

"파이팅!"

그런 다음 스탠드로 옮겨갔다. 윤서가 그랬고 그 옆의 홈 팬들이 그랬다. 그들은 파이팅이 운비의 구호임을 알고 있었다. 코리아에서는 그런 식으로 투혼을 결의한다는 것.

"와아아!"

함성에 이어 홈 팬들이 기립 박수를 보내왔다. 마운드에 혼자 외로운 에이스. 한 점도 주지 않고 있지만 타자들이 뽑아준 건 고작 한 점. 그 한 점마저도 스스로 지키러 나와야 하는 현실. 그 외로운 어깨에 힘을 실어주는 홈 팬들이었다.

"우— 우— 우— 우!"

누군가 브레이브스의 상징인 도끼질 응원을 시작했다. 홈 팬들은 기꺼이 그 대열에 동참했다. 윤서도 그랬고 늙은 스칼렛도 그랬다.

오늘 3차전.

브레이브스에게는 마지막과 다를 바 없었다. 여기서 운비가 경기를 내주면 3패. 그렇게 되면 희망의 불은 꺼지기 직전까지 몰릴 판이었다. 하지만 오늘 경기를 잡으면 1승 2패.

3패.

1승 2패.

그 어감은 아주 달랐다.

'후우!'

운비는 심호흡을 하며 타자와 맞섰다. 타석에는 하퍼가 방망이를 조율하고 있었다. 두어 번 임팩트를 가늠해 본 하퍼가 타격 자세를 취했다.

1 대 0.

메이저리그.

이제부터 줄줄이 나올 여섯 타자. 누구 하나도 3할이 아닌 사람이 없는 가공할 타선. 대부분 20홈런 정도는 칠 능력이 있었으니 실투 하나면 동점이었다.

하지만!

운비는 신경을 '딸깍' 꺼버렸다. 상황 따위는 생각하지 않았다. 그저 자신의 공을 던질 뿐이었다.

'커터!'

초구 방향을 잡았다. 중후반으로 오면서 오프 스피드 피치 비중을 늘렸던 운비였다. 그걸 다시 1회처럼 돌리려는 것이다.

'괜찮겠어?'

운비의 속내를 알아차린 스즈키가 물었다.

'괜찮아야죠.'

'…….'

'갑니다.'

'오케이.'

스즈키의 동의와 함께 와인드업에 들어갔다.

"와아앗!"

초구로 날아간 커터는 찰고무로 튕겨낸 듯 하퍼의 가슴팍으로 고개를 들었다.

"……!"

놀란 하퍼가 움찔 가슴을 뺐다. 주심의 주먹이 번쩍 올라갔다. 2구는 포심이 들어갔다. 구속은 155㎞/h를 찍었다.

"아, 황… 아직 구위에는 변함이 없습니다."

폼멜의 중계음은 일찌감치 쉬어 있었다.

"그야말로 역투입니다. 그 자신이 무너지면 내일이 없다는 걸 알고 있습니다."

해설자의 목소리도 쉬기는 마찬가지였다.

"남은 아웃 카운트는 단 세 개입니다."

"공 두 개 다 패스트 볼이 들어왔습니다. 3구가 황의 의도를 보여줄 것 같습니다."

"의도라고요?"

"중후반 들면서 오프 스피드 피치로 상대 타선을 요리했는데 지금 들어간 공 두 개는 패스트 볼입니다. 구속도 초반에 비해 떨어지지 않았고요."

"해볼 테면 해보자는 건가요?"

"그보다 황은… 처음부터 완투를 생각했다고 보는 게 옳을 것 같습니다."

"처음부터요?"

"내일 선발 예정이 콜론 아닙니까? 콜론은 노장이라 체력도 변수죠. 황이 오늘 이긴다고 해도 이닝 이터의 모습을 보여주지 못하고 불펜이 총 출격을 하면 내일이 위태롭습니다. 그렇기에 오늘 게임을 책임지려는……."

"아, 과연……."

"브레이브스, 이 경기는 반드시 이겨야 합니다. 안타성 타구가 나오면 수비들이 날아서라도 잡아야 합니다. 그게 분투하는 황을 위한 길입니다."

해설자의 말과 함께 3구가 날아갔다. 느린 커브였다.

"뽀올!"

주심의 콜과 함께 카운트는 1—2가 되었다. 4구. 이글거리는 매직 존을 바라본 운비, 하퍼의 핫 존을 향해 위닝샷을 날렸다.

'커터.'

하퍼는 그렇게 생각했다. 하지만 공은 포심이었다. 한순간의 변화였기에 방망이를 대지 못했다.

빽!

공은 그대로 미트에 꽂혔다.

"스트럭아웃!"

주심의 콜과 함께 아웃 카운트에 불이 들어왔다.

"우— 우— 우!"

팬들의 도끼질 응원은 원아웃을 축하해 주었다.

9회 초, 원아웃.

이제 오마르 터너 차례였다. 그가 타석 직전에서 스윙을 하자 바람 갈리는 소리가 들렸다.

2. Real ACE II

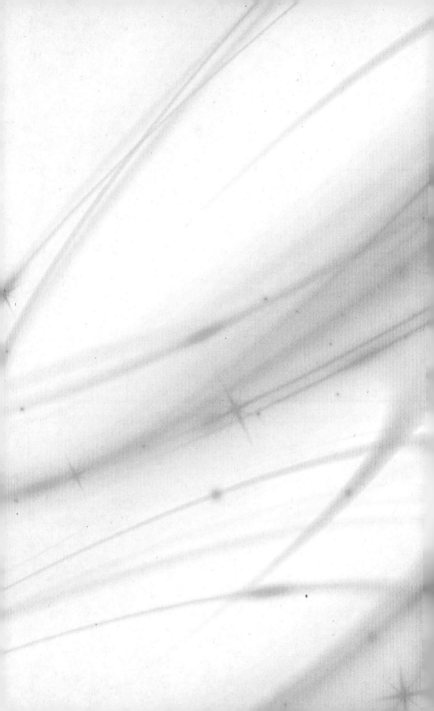

"터너, 터너!"

"와아아!"

내셔널스 팬들이 환호를 했다. 오늘 운비에게 3타수 무안타. 그중 두 번의 타석은 삼진이었다. 그러나 네 번째 들어서는 타석. 이즈음에서 한 방 쳐줄 거라는 기대감이 몰아치고 있었다.

'천만에!'

운비는 그 기대감을 일축했다. 다른 사람은 몰라도 오마르 터너만은 눌러야 했다. 다음 게임을 위해서도.

'높은 공요.'

운비가 사인을 내자 스즈키가 마스크를 들어 올렸다. 터너는 하이 패스트 볼 공략에 장점을 가진 타자. 그런데 그 입맛에 맞는 공을 주자니⋯⋯.

'높은 공⋯⋯.'

운비는 사인을 바꾸지 않았다.

'황⋯⋯.'

'터너를 죽이지 않으면 내일 다시 어려워져요.'

'⋯⋯.'

'반대로 터너의 타격감을 밟아놓으면 우리가 좋아지죠.'

'하지만 위험부담이 커.'

'편안하게 될 일이 아니잖아요.'

'황⋯⋯.'

'한번 해봐요. 이 모험⋯ 가치가 있을 겁니다.'

'⋯⋯.'

'스즈키⋯⋯.'

'쉿, 오케이.'

스즈키는 고심 끝에 운비의 제의를 받아들였다. 운비의 말이 틀리지 않는 까닭이었다. 타자들은 타격이 부진할 때 여러 생각을 하게 된다. 그게 만약 자신이 좋아하지 않는 공을 친 결과라면 크게 생각지 않는다. 하지만 자신 있어 하는 공을 치지 못한 거라면…….

'하여간 강심장…….'

스즈키는 혀를 내두를 수밖에 없었다. 웬만한 간땡이를 가진 포수라도 리드하지 못할 일이었다.

"와아앗!"

기합과 함께 초구가 날아들었다. 공은 존 4번 쪽으로 들어오는 하이 패스트 볼.

부욱!

터너가 놓칠 리 없었다.

짝!

초구 포심은 파울이 되었다. 작심하고 나간 방망이지만 무브먼트에 밀린 것이다.

'크레이지…….'

뒤쪽에 침을 뱉은 터너가 다시 타격 자세를 취했다. 2구는 커터가 들어왔다. 역시 비슷한 코스였다.

짝!

한 번 더 방망이가 나왔다. 배트가 부러지며 공이 1루 쪽으로 굴러갔다. 파울이었다.

볼카운트 0—2.

'체인지업?'

'커터.'

'황.'

'커터요.'

'너무 빨라. 한숨 죽이고 가는 게⋯⋯.'

'터너도 그렇게 생각할 거예요.'

'⋯⋯.'

'커터요.'

운비의 눈에서는 레이저가 나오고 있었다. 스즈키는 그 눈빛을 거절할 수가 없었다.

9번 존.

스즈키의 미트는 거길 가리키고 있었다. 그 또한 터너가 좋아하는 코스였다. 서서히 킥을 한 운비, 혼신의 힘으로 3구를 떠나보냈다.

'건방진!'

터너의 방망이가 따라 나왔다. 눈에 빤히 보이는 코스였다. 하지만 임팩트 포인트에서 공은 깃털처럼 사뿐히 궤적에서 빗나가 버렸다.

"⋯⋯?"

쾅!

어깨 뒤에서 벼락 소리가 났다. 스즈키의 미트였다. 그 안에 알을 품은 듯 선명한 공이 보였다.

"스트라이크아웃!"

주심의 콜은 첫 타석과 달랐다. 오늘 경기 중에서 가장 큰 콜을 한 것이다.

"……."

터너는 황당했다. 회전수 때문이었다. 이 커터의 회전수는 조금 전 공과 거의 같았다. 하지만 무브먼트가 달랐다. RPM에만 집착하다 걸려들고 만 것이다.

시즌 타율 1위 터너.

4타수 무안타에 3삼진.

더 치욕적인 건 저 저 루키의 행동.

운비는 별 타자도 아닌 걸 잡았다는 듯 무심하게 로진백을 만지고 있었다. 더그아웃으로 들어온 터너는 배트를 집어 던졌다. 헬멧도 집어 던졌다. 자신의 자존심이 밟혔다고 생각한 것이다.

"투아웃, 투아웃입니다. 오늘 완투 완봉에 아웃 카운트 하나를 남겨둔 황입니다."

중계석 폼멜의 목소리는 아예 절규에 가까웠다.

"오늘 황이 이 경기를 책임진다면 첫 번째 요인은 바로 오마르 터너의 봉쇄에 성공한 겁니다. 시즌 후반기부터 터너의 무안타 경기는 오늘을 포함해서 고작 세 경기뿐입니다. 더구나 한 경기 3삼진은 올 시즌 처음 나온 기록입니다. 시즌 타격왕인 터너가 흥분할 만하지요."

"그 또한 황의 계산된 의도였을까요?"

"Maybe……."

해설자는 말을 아꼈다. 하지만 정작 그가 샤우팅으로 내쏘고 싶은 말은 Yes였다.

타석에는 4번 짐머만이 들어와 있었다. 오늘 장타를 친 짐머만. 보폭을 보니 한 방 자세였다. 마지막 공격의 투아웃 타석. 4번이 생각할 수 있는 당연한 일이었다.

'뭘로 시작할까? 커터?'

'기분 전환 커브요.'

'응?'

스즈키가 또 뒤집었다. 커브라니? 커브는 오늘 경기를 통틀어 한 번밖에 던지지 않은 구종이었다.

'여기서 브레이킹 볼을?'

'김 좀 빼자는 거죠. 걸리면 다행이고…….'

'나 참…….'

스즈키의 미트가 자세를 잡았다. 운비는 정말, 초구 커브를 날렸다. 느긋한 궤적의 높은 공이었다.

짝!

짐머만의 배트가 돌았다. 자신도 모르게 나온 반사 신경이었다. 공은 우익수 쪽으로 쭉 뻗어갔다. 동시에 짐머만은 배트를 패대기치고 1루로 달렸다. 플라이의 직감이 온 것이다. 공은 리베라를 살짝 오버했지만 리베라의 수비 범위 안이었다. 몇 발 물러난 리베라가 사뿐히 공을 건져냈다. 쓰리아웃을 기록하는 포구였다.

"1승, 1승입니다. 마침내 브레이브스가 반격의 실마리를 풀어냅니다."

중계석의 폼멜이 펄쩍 뛰었다.

"와아아!"

홈 팬들의 스탠드도 끓어올랐다. 조바심에 애를 태우던 윤서는 스칼렛을 안고 펑펑 울어댔다.

1승.

뿐만 아니라 무려 13K를 따낸 완봉 완투승.

대반격의 교두보를 마련한 운비가 스즈키의 환영을 받으며 마운드를 내려왔다.

"수고했어."

더그아웃에서 스니커와 헤밍톤이 주먹을 내밀었다. 운비는 주먹을 마주치며 웃었다.

"이제 시작인데요."

또 다른 시작도 있었다. 지역 방송은 물론 온갖 언론과 MLB 쪽에서 인터뷰 공세를 펼치기 시작한 것.

"황, 챔피언스 리그 첫 승이자 완봉 완투승입니다. 더구나 벼랑에 몰린 팀을 건져 올린 1승인데 기분 어떻습니까?"

"물론 좋죠."

운비는 루키답게 환하게 웃었다.

"오늘 완봉승 예상했습니까?"

"완봉은 몰라도 승리는 하고 싶었습니다."

"어떻게 말입니까? 챔피언시리즈에 올라온 이후 브레이브스 방망이가 좋지 않은데 말입니다."

"대신 수비가 좋지요. 저희 스니커 감독님 말이 있거든요."

"감독님?"

기자들의 시선이 코칭스태프 쪽으로 옮겨갔다.

"방망이가 안 맞으면 메이저리그급 수비를 해라."

"명언이군요. 감독님도 살리고 동료들도 살리는 말입니다."

"괜한 말이 아니고 진심입니다. 저는 언제나 제 등 뒤의 동료들을 믿습니다. 그들이 없다면 투수는 절대 승리할 수 없으니까요."

긴 말은 윌리 윤이 통역의 수고를 더해주었다.

"오늘 등판이 마지막일 수도 있는데 그래서 역투를 한 겁니까?"

"누가 그러죠? 제가 오늘이 마지막 등판이라고?"

"그야… 선발 스케줄을 보면……."

"그 결정은 감독님만이 할 수 있습니다. 개인적으로 저는 팀이 원하면 내일이라도 등판할 각오가 되어 있습니다."

운비의 기자회견은 매끄럽게 끝났다. 호투만큼이나 깔끔한 회견이었다. 기자회견이 끝나자 하트 단장이 운비를 맞았다.

"수고했네. 천만 불짜리 피칭에 인터뷰였어."

단장은 운비를 당겨 거친 포옹까지 작렬시켰다. 한껏 상기된 그는 선수들이 보는 앞에서 운비 팔을 치켜들며 애정(?)을 과시했다. 그 뒤를 이은 게 윤서였다. 그녀는 점프로 날아들어 운비 가슴에 안겼다.

"흐아앙, 운비야……."

"왜, 왜 이래? 쪽팔리게?"

놀란 운비가 윤서를 밀었다.

"쪽팔리긴 뭐가 쪽팔려? 너 때문에 얼마나 가슴 졸인 줄 알아? 엄마 아빠도 네가 대견스러워 죽겠대."

윤서는 매미처럼 매달린 채 소리를 높였다. 그러자 뒤쪽의 리베라가 괜한 변죽을 울려왔다.

"아, 나는 콩콩 타임 안긴거도 베리베리 땡큐인네……."

그 뒤통수는 무사하지 못했다. 인시아테가 자기 헬멧으로 테러를 자행한 까닭이었다.

"바랄 걸 바라야지."

인시아테가 윤서를 당겨 옆구리에 끼자 클럽하우스는 웃음바다로 변했다.

⟨황운비 벼랑 끝의 역투로 대반격의 교두보를 마련하다⟩

차혁래는 바빴다. 1보에 이어 2보를 보내고, 특집 기사까지 써 갈겼다. 그날 밤, 운비의 역투 기사는 국내 포털 사이트의 뉴스 조회 수 1위를 기록했다. 검색어에도 '황운비 완봉승'이 1등으로 치솟았다.

한국 선수가 메이저 포스트 시즌에서 완투 완봉을 거둔 건 역사적인 의미가 있었다. 차혁래의 기사는 많이 본 기사에서도 1위, 댓글 많은 기사에서도 1위를 마크했다. 이날 기사에 달린 댓글만 무려 23,192개를 기록하고 있었다.

—9이닝 냠냠 쩝쩝… 야구 먹방 스타 탄생.

—완투에 완봉까지… 7차전 가기 전에 한 번 더 까꿍.

—커쇼, 산타나 안 부럽다. 황운비 진심 지린다.

—빼박 못 할 에이스 황운비. 소년 가장 노릇까지 하는 듯.

—약 먹었냐, 황운비. 미쳤다 진심……

—브레이브스 헐값에 대박 냈네. 보너스 한 100억 줘라.

—니뽄 애들이 이 기사를 싫어합니다.

—타자 놈들 좀 분발해라. 어린애 등골 빼먹지 말고.

—야신의 강림. 메쟈를 씹어 먹어랏.

—무브먼트 장난 아니더라. NL 타율 1위 오마르 터너 핵폭격.

—나 국뽕 아니다. 황운비와 같은 한국인임이 자랑스러울 뿐.

—오늘 황운비 완전 몬스터 버전 ㅎㄷㄷ.

—브레이브스는 한 점도 안 줘야 이기는구나.

—오늘 13K 탈삼진, 포스트 시즌 방어율도 개쩌네.

그날, 미국의 운비는 댓글 보는 재미로 피로를 달랬다. 더러 악플도 있었지만 배를 잡게 하는 말의 성찬이 압도적이었다.

고마웠다. 팬들의 이런 관심과 응원… 운비는 샤워를 끝으로 침대에 누웠다. 누워서 장리린과 통화를 했다. 그녀의 문자가 여러 통 쌓인 까닭이었다.

"나, 운비 씨가 마구 좋아지는 거 같아요."

리린의 고백이 날아왔다.

"나도 그래요."

"월드시리즈 가면 응원하고 싶은데 촬영 스케줄 때문에 미치겠어요."

"마음만 와도 돼요."

곁에 있다면 키스하고 싶은 그녀. 인사를 나누고 통화를 끝냈다.

'1승……'

다시 곱씹어도 후련한 날이었다. 내일 이기면 2승 2패가 된다. 그렇게만 된다면 분위기가 바뀔 수 있었다. 불 꺼진 천장에 콜론의 얼굴이 떠올랐다.

'세 게임은 책임져 줄게.'

노장의 투혼을 불태우는 콜론. 그는 오늘 맥주 한 잔도 입에 대지 않았다. 그저 운비에게 축하 인사만 건네고 돌아간 그였다. 그만의 루틴에 충실하는 것. 그건 내일에 대한 결의를 보여주고 있었다.

콜론.

그는 과연 그 약속을 지켰다.

*   *   *

4차전 당일.

콜론 VS 오스틴 보스.

—콜론 12승 11패 ERA 4.22.

—오스틴 보스 13승 9패 ERA 3.88.

4차전의 선발 싸움은 막상막하였다. 그야말로 백전노장과 루키의 맞짱 대결. 노련미냐 패기냐? 언론은 두 투수의 장단점을 부각시키며 분위기를 한껏 띄워놓았다. 그래도 전문가들의 예상은 보스 쪽이었다. 시즌 막판까지 기세를 올리며 신인왕 각축을 벌였던 오스틴 보스였다. 아직 어깨가 싱싱해 완투도 문제없는 데다 슬라이더와 싱커가 정상급 구위라는 게 이유였다.

"루키 때는 그래야지."

불펜 투구를 마친 콜론은 정말 아재처럼 웃었다. 그 어떤 평가에도 덤덤한, 메이저리그 자체를 달관한 표정이었다.

세월을 관통한 콜론.

1회에는 타자의 파워에 밀렸다. 선두 타자 미구엘 터너에게 2구째 2루수를 오버하는 안타를 맞았다. 2번 하퍼 역시 3구를 통타해 좌전 안타를 생산했다. 경기 시작하자마자 노아웃 1, 2루.

관록이고 나발이고 세월 속에 빛바랜 늙은 투수의 한계인가 싶었다. 거기서 만난 시즌 타격왕 오마르 터너. 숨을 고른 콜론의 관록이 위기에서 빛을 내기 시작했다. 밀어치는 그의 속성을 이용해 유도한 수비 시프트에 성공한 것이다.

짝!

소리와 함께 내야수들이 움직였다. 타구는 겟투에 걸렸다. 2루의 미구엘 터너는 3루까지 갔지만 투아웃을 잡았다. 폭풍 쓰나미를 얌전한 파도로 바꾸는 쾌거였다.

하지만 어쩔 수 없는 부분도 있었다. 짐머만의 타석에서 들어간 공이 그랬다. 스트라이크존을 기막히게 걸치는 공이었지만 짐머만의 방망이가 제대로 임팩트를 가져갔다. 힘으로 밀어낸 공. 그 공은 유격수와 중견수, 좌익수 사이에 떨어졌다. 세 수비수가 전력 질주를 했지만 딱 한 뼘이 모자라 안타를 내주고 말았다. 3루 주자가 들어왔다.

1 대 0.

1회의 폭풍은 그렇게 넘어갔다. 그 1회 말, 내셔널스의 신성 오스틴 보스는 브레이브스의 1, 2, 3번을 내리 범타로 처리했다. 리베라의 타구가 좋았지만 호수비에 걸린 덕도 보았다.

다행히 콜론의 투구도 안정을 되찾았다. 구위로 누르는 건 아니지만 타자와의 수 싸움에서 앞서갔다. 2회는 삼자범퇴, 3회에는 안타와 볼넷을 주었지만 연타를 맞지 않아 점수는 나지 않았다.

그 3회 말, 마침내 브레이브스의 타격이 터졌다. 시동은 8번 플라워스가 걸었다. 슬라이더를 제대로 받아쳐 펜스를 직격하는 대형 2루타를 친 것. 9번으로 나온 콜론에게는 보내기 번트 미션이 주어졌다. 두 번이나 배트를 댔지만 파울이 되었다. 쓰리번트 사인은 나지 않았다.

보스의 한계는 여기서 드러났다. 그의 머릿속에 투수 삼진이 그려진 것. 가운데로 밋밋하게 들어오는 공에 콜론의 배트가 돌았다.

짝!

공은 3루수 쪽으로 튀었다. 오마르 터너가 몸을 날렸지만 캐치에 실패. 커버에 들어온 또 하나의 터너, 미구엘 터너가 공을 잡았다. 하지만 던질 수 없었다. 내셔널스는 2루 주자를 묶어놓은 데 만족할 수밖에 없었다.

노아웃 1, 2루.

1회, 내셔널스가 얻었던 황금 찬스가 브레이브스에게 펼쳐졌다. 타석에 인시아테가 들어섰다. 브레이브스 부동의 리드오프 인시아테. 그의 입에는 여전히 리크가 씹히고 있었다. 그렇다고 그가 리크의 마법에만 기대는 건 아니었다. 매의 눈으로 투수를 쏘아본 인시아테, 초구, 2구 파울을 내며 임팩트 타이밍을 조율하더니 3구에서 기어이 장타를 터뜨리고 말았다.

짝!

"쳤습니다. 공은 중견수 쪽으로 날아갑니다."

중계석의 폼멜이 와락 소리를 높였다.

"중견수 오버, 중견수 오버입니다."

"2루 주자 플라워스가 홈으로 들어옵니다. 1루의 콜론은 3루에 멈추는군요."

"아, 오랜만에 터진 인시아테의 장쾌한 2루타입니다. 마침내 감독의 기대에 부응하는 브레이브스 타자들입니다."

중계석의 소리와 함께 인시아테는 2루 베이스 위에서 주먹을 불끈 쥐어 보였다. 스탠드에서는 당연히 윤서가 폭발하고 있었다.

"인시아테, 파이팅!"

손나팔을 만든 윤서의 목소리가 그라운드까지 날아갔다. 인시아테는 영국 신사다운 매너로 가볍게 화답했다.

다음은 리베라였다. 오늘도 타격감 자체는 괜찮은 리베라. 초구 슬라이더를 버리고 투심에 초점을 맞추고 있었다. 2구는 커브가 들어왔다. 존에 걸치면서 카운트는 투수 쪽에 유리한 투낫씽이 되었다.

'투낫씽 따위……'

가볍게 스윙을 해본 리베라가 다시 타석에 들어섰다. 3구는 바깥쪽으로 휘어나가는 포심이 들어왔다. 보스의 컨디션도 나쁘지 않았다. 4구로 들어온 건 다시 슬라이더였다. 존에 꽂힐 것 같기에 커트를 해내는 리베라였다.

여전히 신인왕 물망에 회자되는 두 신성. 타자 리베라와 투수 보스의 대결은 한 치의 양보도 없이 펼쳐졌다. 그러나 노아웃에 2, 3루. 심리적으로 유리한 건 리베라였다.

5구.

기다리던 투심이 횡으로 변하며 플레이트로 날아왔다.

'땡큐!'

오직 포심을 기다리던 리베라의 배트가 불꽃처럼 돌았다.

짝!

공은 총알처럼 날아가 3루수 키를 넘었다. 그리고 하얀 라인 위에 떨어진 채 좌측 펜스 구석을 향해 굴렀다.

"와아아!"

함성과 함께 리베라가 폭주하기 시작했다. 주자 둘은 일찌감치 홈 플레이트를 밟았다. 여기서 루키 아로요의 에러가 나왔다. 2루 주자를 잡으려고 서두르다 바운드를 놓쳤다. 공이 옆으로 새자 리베라는 거침없이 3루를 돌아버렸다.

"아아, 리베라, 리베라, 홈을 팝니다."

폼멜의 목소리가 자지러졌다. 공 역시 홈을 향해 날아왔다. 포수 워터스는 원 바운드로 날아온 공을 제대로 잡았다. 리베라 역시 필사의 슬라이딩으로 홈 플레이트를 노렸다.

"슬라이딩, 슬라이딩입니다."

"아아, 저거……"

중계석의 캐스터와 해설자는 박빙의 승부에 말을 잇지 못했다.

주심.

리베라는 주심을 바라보았다. 워터스 역시 주심을 바라보았다. 두 선수의 눈동자와 달리 주심의 눈은 홈 플레이트에 있었다.

"세, 세잎!"

"끼야호!"

주심의 손이 수평을 갈랐다. 엎드려 있던 리베라가 쾌재와 함께 솟구쳤다.

"와아아!"

다시 한번 홈 팬들의 환성이 일었다. 원 히트 원 에러를 묶은 그라운드 홈런. 리베라가 아니면 해낼 수 없는 쾌거였다.

"유후!"

리베라는 기다리던 윤비의 가슴팍에 머리를 비비며 기쁨을 나누었다. 등짝이 터지는 환영 또한 피할 수 없는 기쁨이었다. 순식간에 4득점. 브레이브스는 4 대 1로 앞서기 시작했다.

5회 초, 내셔널스는 선두 타자 미구엘 터너의 안타와 하퍼의 진루타로 원아웃 2루의 찬스를 잡았다. 하지만 여기서도 오마르 터너는 삽질을 했다. 초구를 잘못 건드려 내야플라이를 치고 만 것. 짐머만이 볼넷으로 나가면서 투아웃 1, 3루. 콜론은 5번 머피에게 짧은 안타를 내주며 한 점을 더 허용했다.

5회까지 2실점.

마운드에서 콜론이 선방하는 사이 브레이브스 타자들은 한 점, 한 점 보태며 그의 부담을 덜어주었다. 5회 말에 2안타로 1득점, 다시 7회 말에 볼넷과 2안타를 묶어 2득점을 쓸어 담았다. 콜론은 7 대 2의 스코어에서 마운드를 불펜에게 넘겨주었다.

불펜이 한 점을 내주고 프리먼이 솔로 홈런을 날리며 8 대

3이 된 9회 초. 편안한 마음으로 존슨이 출격했다. 존슨 역시 최고참 콜론의 호투에 화답하듯 기막힌 마무리를 했다. 선두 타자를 뜬공으로 잡더니 나머지 두 타자를 삼진으로 돌려세운 것. 이제야 말로 수호신에 걸맞는 피칭을 선보인 존슨이었다.

"4차전은 브레이브스가 가져갑니다."

"그렇습니다. 초반 2연패의 부진을 씻고 2승 2패 호각세를 만드는 데 성공하는군요."

"챔피언시리즈는 이제 원점으로 돌아갔습니다. 이렇게 되면 내일 게임이 향후 향방을 결정하게 되겠군요."

"그렇습니다. 브레이브스는 이 여세를 몰아서 3승을 챙기고 내셔널스의 홈으로 가야 합니다."

"오늘 승리의 수훈은 역시 노장 콜론이죠?"

"그렇습니다. 젊은 선수들에게 모범을 보임으로써 팀 분위기를 끌어 올렸습니다. 하지만 그 이면에는 황의 영향도 있습니다."

"황이라고요?"

"오늘 내셔널스의 패인은 바로 오마르 터너의 침묵입니다. 어제 황에게 제대로 당한 후에 타격감을 잃은 듯 보입니다. 이게 바로 황의 효과 아니겠습니까?"

"그렇군요. 황의 효과……."

"이건 비하인드 스토리지만 이번 포스트 시즌 동안에 콜론이 황에게 약속한 게 있다고 합니다."

"그런 게 있습니까?"

"콜론이 세 경기는 총력 투구를 하겠다고 했다더군요. 황에게만 부담을 주지 않겠다는 노장의 아름다운 결의가 아닙니까?"

"그렇네요. 괜히 콧날이 찡해집니다. 저도 이제 늙었나요?"

"늙었죠. 하지만 염려 마세요. 황의 나라 코리아에는 유능한 성형 의사가 많다더군요. 비용도 그리 비싸지 않답니다."

"하핫, 그렇다고 대놓고 그런 말을……."

"아울러 타자들의 타격감 회복 또한 결정적이었습니다. 이렇게 되면 브레이브스가 일낼 만합니다. 아, 내일 게임 정말 기대되는데요?"

"내일은 마운드의 리더 테헤란 등판이 예고되어 있죠?"

"내셔널스에서는 스트라스버그가 등판 예고되었습니다."

"원래는 슈허저가 나올 차례였죠?"

"스트라스버그의 컨디션이 최고조에 올랐다는 말이 있더군요. 슈허저는 그다음 경기에 나올 것 같습니다."

"테헤란이 1차전에서는 잘 던지고도 승운이 없었죠. 이번에는 1승을 책임져 주면 좋겠군요."

"테헤란은 지친 상태지만 컨디션이 그리 나쁜 건 아니라고 알고 있습니다. 오늘 콜론이 노장의 몸으로 호투를 선보였듯 그도 내일 이름값을 해내리라 생각합니다. 황과 함께 브레이브스의 원투펀치 아닙니까?"

"이거 만약에 모레 황이 출격한다면 양팀 원투펀치의 대결이 되는군요."

"그렇게 되면 4일만의 등판… 경기 결과에 따라서는 가능할 수도 있는 일입니다. 황이 다소 특이체질이라 마운드에 서면 피로를 잊는다는 후문이 있습니다."

"그렇다고 해도 무리해서는 안 되지요. 황의 부상은 절대 일어나서는 안 됩니다."

"그럼요. 황은 앞으로 브레이브스 마운드를 10년 이상 책임질 선수입니다. 구단에서 잘 관리하리라 생각합니다."

중계석이 달아오르는 동안 브레이브스 선수단도 달아오르고 있었다. 2패 뒤에 2연승. 브레이브스에게는 이보다 달콤한 꿀맛이 따로 없었다.

2연승.

브레이브스 전사들은 앞선 2패를 잊었다. 이제는 어제 오늘처럼, 2승만 더하면 꿈에 그리던 월드시리즈 진출이었다. 와일드 카드로 올라와 컵스를 일축한 브레이브스. 언더독의 위대한 반란은 여전히 진행형이었다.

"오늘 한 점도 주지 마세요!"

5차전, 홈구장 앞에서 윤서가 말했다. 그 앞에 선 건 선발로 나갈 테헤란이었다.

"미녀의 명령이시라면."

테헤란은 빙긋 미소로 그 말을 받았다. 그리고 진짜 윤서의 명령을 수행했다. 스트라스버그와 맞짱을 뜬 테헤란, 9회가 될 때까지 내셔널스의 스코어보드에 0 이외의 숫자를 허용하지 않았다. 안타 넷에 볼넷 하나. 삼진 아홉 개를 솎아낸 역투였다.

그러나 브레이브스의 스코어보드 또한 다르지 않았다. 0의 행렬이 아홉 번 반복된 것이다. 어제 활화산처럼 타올랐던 타선은 다시 물방망이가 되었다. 스트라스버그 또한 신들린 투구를 뿜낸 것. 괴물이라는 닉네임이 부활한 듯 패스트 볼의 무브먼트가 광폭 댄스를 추었고, 체인지업과 브레이킹 볼도 기가 막히게 긁혔다.

결국 5차전은 연장에 돌입하게 되었다. 역투하던 테헤란은 연장 10회 볼넷을 내주며 마운드를 내려갔다. 마운드를 이어받은 불펜들이 심기일전, 위기를 막았다.

스트라스버그 역시 연장 10회, 선두 타자 켐프에게 안타를 맞자 강판되었다. 두 팀은 물러설 수 없는 곳에서 총력전으로 맞섰다. 브레이브스는 존슨을 투입했고 내셔널스는 레이스에서 데려온 로보트 콜롬을 내세워 승리를 꿈꾸었다.

승부는 연장 11회 말에서야 갈렸다.

첫 타자로 나선 브레이브스의 가르시아가 천신만고 끝에 볼넷을 얻어 걸어 나갔다.

원아웃 1루.

후속 타자로 나온 존슨은 삼진으로 물러났다.

투아웃 1루.

타석에 들어선 인시아테는 1—2로 카운트가 몰렸다. 단지 패스트 볼과 슬라이더의 투 피치만을 애용하지만 콜롬의 공은 사뭇 위력적이었다. 특히 슬라이더가 그랬다.

아슬아슬하게 4구를 걷어낸 인시아테, 5구로 들어오는 슬라이더를 후려쳤다. 공은 우익수 하퍼 앞에 떨어졌다. 여기서 대반전이 일어났다. 공의 바운드가 죽으며 글러브를 비껴가 버린 것. 소위 알을 까버린 하퍼였다.

"……!"

당황한 하퍼가 돌아서는 사이에 공은 속절없이 굴렀다. 그 사이에 가르시아는 3루를 돌아 홈을 파고 있었다. 사력을 다해 공을 뿌렸지만 이미 늦었다. 중간에서 투수가 공을 받았을 때, 가르시아는 이미 홈을 밟은 뒤였다. 강한 어깨를 가진 하퍼. 1루 주자의 3루행을 막기 위해 서두른 게 비극적인 결과를 가져오고 말았다. 시즌 중에도 더러 황당한 실수를 자행했던 하퍼. 하지만 이 실수는 돌이킬 수 없는 치명타. 끝내기가 되고 말았다.

"아아아!"

폼멜의 비명이 마이크를 통해 밀려 나갔다.

"미라클, 기적입니다. 브레이브스가 극적인 끝내기로 5차전을 마무리합니다."

"2패 후에 3연승. 마침내 3승 2패로 앞서가는 브레이브스입니다."

중계방송과 함께 선수들이 뛰어나갔다. 그들은 2루 베이스의 인시아테를 폭풍 슬라이딩으로 쓰러뜨린 후 생수 세례를 퍼부었다. 존슨과 테헤란도 마찬가지였다.

"우— 우— 우!"

기세가 오른 홈 팬들도 도끼질 응원으로 감격을 나누었다.

―승리투수는 존슨.

―패전투수는 로보트 콜롬.

연장 11회의 사투 끝에 갈린 명암이었다.

3승 2패.

마침내 앞서가는 브레이브스.

기어이 기적을 쓴 브레이브스였다.

3. 월드시리즈로 향하다

사기충전!

그 단어가 딱이었다. 6차전 원정전을 앞두고 하루 쉬는 날, 훈련장에 모여든 투수조는 모두 활력에 넘쳤다. 내셔널리그보다 하루 앞서 시작한 아메리칸리그의 챔피언은 양키스로 결정되었다. 양키스 역시 시즌 초반에는 가을 야구에 회의적이던 전력. 그러나 초반 이후 팀 전력을 십분 활용하면서 치고 나가더니 기어이 유종의 미를 거두었다. 강력한 우승 후보로 꼽힌 에스트로스를 4승 1패로 누른 것. 양키스는 역시 야구 DNA 명문 구단다웠다.

"양키스!"

콜론이 먼저 수긍을 했다.

"걔들은 진짜 대단해. 양키스가 아메리칸리그를 먹을 줄 누가 알았겠어?"

"브레이브스가 내셔널 리그 챔피언시리즈에 올라올 것도 누구도 몰랐습니다."

블레어가 장단을 맞췄다.

"그럼 우리가 더 대단한 거네?"

"전문가들도 그렇게 말하고 있던데요?"

"그럼 월드시리즈는 우리하고 양키스가 붙는 거야."

"어째서요?"

"네가 양키스라면 누가 올라오길 바라겠어?"

"그야 물론 우리가……."

"바로 그거야. 그래서 우리는 챔피언시리즈에서 우승하게 되어 있어."

콜론은 노장다운 결론을 이끌어내며 선수들의 사기를 끌어 올렸다.

"으아, 그렇게 되면 월드시리즈 개막적은 우리 홈구장에서?"

이야기가 조금 앞서 나갔다. 월드시리즈는 그해 올스타전을 승리한 리그에서 개막전을 연다. 올해 올스타전은 내셔널 리그가 이겼던 것이다.

"단, 꿈은 여기까지."

콜론은 선수들의 폭주를 막았다. 3승을 올리고 주저앉은 팀은 셀 수도 없이 많았던 것이다.

"이야, 우리 보물들……."

불펜에 스니커와 헤밍톤이 등장했다.

"안녕하세요, 감독님."

투수들이 일제히 합창을 했다.

"아아, 내 신경 끄고 하던 대로 하라고."

스니커는 작은 의자에 당겨 앉았다. 투수들은 그 말대로 움직였다. 러닝을 하고 불펜 피칭을 하고 번트 연습도 했다. 스니커는 토모와 블레어, 딕키의 투구를 유심히 바라보았다. 그러다 어깨를 으쓱하며 눈길을 거두었다. 운비가 보이지 않은 것이다.

"황은?"

스니커가 레오에게 물었다.

"저기 있잖습니까?"

레오가 잔디 구장을 가리켰다. 운비는 거기서 가볍게 뛰고 있었다.

"혼자?"

"황의 우아한 취미지요. 혹은 비결이랄까요?"

"몇 바퀴째야?"

"보통 한 스무 바퀴 정도 돕니다."

레오가 답하자 스니커의 시선이 헤밍톤에게 옮겨갔다. 살짝 책망을 담은 눈초리였다.

"트레이너들과 분석을 했습니다만 러닝이 황에게는 큰 무리가 없는 일이었습니다. 오히려 그의 루틴이랄까요?"

헤밍톤이 어깨를 으쓱해 보였다.

러닝.

스트레칭을 위한 건 몰라도 몸을 풀기 위한 전제 조건으로서의 러닝은 메이저에서 금기시되는 분위기였다. 그렇기에 달갑지 않게 생각하는 스니커였다.

"오늘 황의 공을 받아봤나?"

다시 레오에게로 시선을 옮기는 스니커 감독.

"재미 삼아……."

"어땠던가?"

"컨디션 체크라면……."

"자넨 팩트만 말해주면 돼."

"황의 팩트는 마운드에서만 제대로 확인할 수 있는 것 아닌가요?"

"뭐라고?"

"불펜에서 다소 피곤한 듯하다가도 마운드에만 올라가면 펄펄 나는 황입니다. 그러니 불펜의 공 몇 개로 가늠할 수는 없는 선수입니다."

"제 생각도 그렇습니다."

옆에 있던 헤밍톤이 거들고 나섰다.

"좋아."

스니커가 일어섰다. 그는 천천히 잔디 위로 걸어갔다. 그러다 운비가 다가오자 그 속도에 맞춰서 러닝을 시작했다.

"우리 감독님, 황이 필요하군요?"

레오가 연습 구장을 보며 웃었다.

"자넨 눈치 하나는 귀신이라니까."

헤밍톤도 따라 웃었다.

"감독님."

달리던 운비가 스니커를 바라보았다.

"왜?"

"왜 갑자기 러닝을?"

"똥뱃살 좀 빼보려고."

"흐음, 투수들 못 미더워서 직접 등판하시게요?"

"그럴까 했는데 한 놈은 아직 쓸 만한 거 같아서……."

"한 놈이 아니라 전부 다 쓸 만합니다. 우리 투수들 절절 끓고 있거든요."

"나는 딱 한 게임을 책임져 줄 놈이 필요하거든."

"토모 차례니까 가서서 힘 좀 불어넣어 주시죠."

"힘 불어넣고 있잖아?"

"예?"

"토모 말고 황이 좀 도와줘야겠어."

"예?"

운비가 러닝을 멈췄다.

"황!"

스니커도 걸음을 멈춘 채 운비 어깨를 짚으며 말을 이었다. 그 어느 때보다 진지한 눈빛이었다.

"야구에는 기세라는 게 있네. 2패 뒤의 3승… 여기까지 왔으면 상대의 숨통을 끊어야해."

"……."

"끊을 때 끊지 못하면 우리가 당하게 되지. 거의 진리야."

"……."

"6차전이 우리에게 주어진 마지막 기회라네. 거기서 지면 7차전은 어려워. 게다가 적의 안방 아닌가?"

"감독님."

"언제든 불러만 달라고 했지?"

"예……."

"하지만 오늘까지 쉬어도 휴식은 3일에 불과하네. 3일 쉬고 4일째 등판……."

"……."

"미안하네만 한 번 더 브레이브스의 심장을 달궈주어야겠네."

"사양합니다."

"황!"

"고작 한 번이라면 말이죠."

운비가 의미심장하게 웃었다. 그건 곧 수락을 뜻하는 미소였다.

"황!"

"이미 알고 청한 일이겠지만 저는 회복이 빠릅니다. 지친 것 같다가도 마운드에 서면 이상하게 힘이 나거든요."

"……"

"등판 기회를 주셔서 감사합니다, 감독님."

"내가 오히려 고맙지."

스니커가 운비 양어깨를 잡았다. 그 두 눈에는 신뢰가 팽팽했다. 운비와의 조율이 끝나자 스니커는 바로 기자들에게 선발투수를 알렸다.

─6차전 브레이브스의 선발 황운비.

─포스트 시즌 4승 무패 ERA 0.326.

스니커가 생각하는 에이스는 명백할 수밖에 없었다.

챔피언시리즈 6차전.

슈허저 VS 황운비.

선발투수가 발표되자 MLB 관계자들은 일제히 우려를 나타 냈다. 스니커의 무리수를 지적한 것이다. 그건 운비의 혹사와 관련된 것이었다. 포스트 시즌, 운비는 네 차례 등판했다. 두 번은 선발이었고 두 번은 계투로 들어가 4이닝과 5이닝을 책 임졌다. 그 또한 선발 이상 가는 부담일 수밖에 없었다.

더구나 운비는 리그 초년생인 루키. 지나친 의욕과 벤치의 욕심으로 부작용이 올까 염려하는 것이다. 운비 역시 피로감 이 있기는 했다. 그 피로감은 두 배 밀웜으로 떨쳐냈다. 게다 가 배 속에 들어 있는 곽민규의 홍삼, 장리린의 응원, 게임기 의 매직… 소야고에서 그토록 염원하던 메이저, 그 메이저의 포스트 시즌. 흔들릴 운비가 아니었다.

장리린의 문자는 오늘도 딱 한 통이었다. 그녀는 그랬다. 시 합을 앞둔 날 아침에는 언제나 딱 한 통의 문자만 전송해 왔 다.

ー운비 씨를 믿어요.

그뿐이다. 운비가 답을 한다고 해서 줄줄이 꼬리표를 달지 않는다. 처음에는 조금 야속하기도 했다. 다른 친구들처럼 수 다라도 떨어주면 얼마나 좋을까? 보고 싶다, 좋아한다, 사랑한 다, 이겨달라는 말을 반복해 주면 얼마나 좋을까?

나중에야 알았다. 장리린이 속 깊은 여자라는 걸. 그녀 역시 그러고 싶지만 연습에 방해가 될까 봐 딱 한 통의 문자만 보냈던 것이다.

쾅쾅!

다시 내셔널스의 안방.

6차전 등판을 위한 예열을 끝내 운비였다.

"헤이, 황!"

불펜 피칭이 끝나자 리사가 손을 흔들었다. 오늘 그녀는 불펜 풍경을 처음부터 스케치하고 있었다. 그렇다고 연습에 지장을 주지는 않았다. 그러다 불펜 피칭이 끝나자 출격하는 운비를 맞이하는 것이다.

"레오도 잠깐 와줄래요?"

오늘은 이례적으로 레오까지 불렀다.

"팬 여러분, 역사적인 6차전을 앞두고 오늘의 선발투수 황을 만나고 있습니다. 그 전에 보이지 않는 조력자로 유명한 레오부터 만나볼까요? 안녕하세요, 레오?"

리사가 레오에게 마이크를 디밀었다.

"아, 인터뷰 쑥스럽네요. 출전하는 선수도 아닌데……."

"하지만 불펜에서 투수들의 예열을 맡고 있죠. 예열이 제대로 안 되면 자기 능력을 십분 발휘할 수 없으니 그보다 중요한 역할도 없습니다."

"황에 대해서 궁금하군요?"

"그렇습니다. 오늘도 처음부터 끝까지 황을 지켜보았죠?"

"그럼요."

"오늘 황의 컨디션은 어떻습니까?"

"나쁘지 않습니다."

"오늘 제대로 긁히는 구종은요?"

"황의 퍼스트 피치와 세컨드 피치는 늘 Excellent합니다. 기대하셔도 될 겁니다."

"고맙습니다. 그럼 이제 오늘의 주인공 황에게 마이크를 넘깁니다. 안녕하세요?"

"네, 리사."

"레오의 말을 들으니 안심이 되는군요. 우려의 목소리가 많아서요."

"4일 차 등판은 시즌 중에도 두어 번 있었던 일입니다. 특별한 경우가 아닙니다."

운비는 우려를 일축했다.

"하지만 분위기가 다른 게임이잖아요? 오늘 그 어깨를 믿어도 되는 거죠?"

"반드시 승리를 따내서 월드시리즈 티켓을 끊겠습니다."

"최근 두 게임, 오마르 터너가 물방망이가 되었습니다. 황에게 당한 3삼진의 후유증이 크다고 하던데 오늘 타깃은 누구입니까?"

"오늘은 전부 다 물방망이로 만들어야 할 것 같은데요?"

"각오가 좋네요. 그럼 상대 선발 슈허저에 대한 각오도 한마디 부탁해요. 언론에서는 리그를 대표하는 좌우완의 충돌이라는 말도 나오거든요."

리사의 말은 틀림이 없었다.

빅 리그 우완을 대표하는 슈허저.

이제는 좌완의 대표로 서슴없이 꼽히는 운비.

그야 말로 빅 매치가 아닐 수 없었다.

"슈허저는 말 그대로 전설이고 저는 현실입니다. 즐거운 마음으로 상대하겠습니다."

운비는 겸손하게, 그러나 당당하게 소감을 밝혔다.

"황의 멘탈은 정말 상상불허라니까요. 부디 홈 팬들에게 4승과 월드시리즈 진출의 기쁨을 안겨주시기 바랍니다."

"네!"

운비가 화면을 향해 공을 들어 보였다. 소년티가 엿보이는, 조금은 상기된 얼굴이었다.

6차전, 내셔널스의 타순은 상당 조정되어 있었다. 가장 파격적인 건 오마르 터너의 리드오프 배치였다. 2게임 내내 죽을 쑨 터너. 그렇다고 그를 뺀 게임을 상상할 수 없는 내셔널스였다. 그러다 보니 자리를 바꿔 터너를 살려보려는 의도였다. 동시에, 연습 배팅에서는 잘 맞는다는 반증이기도 했다. 그밖에 아로요가 빠진 것도 눈길을 끌었다. 루키보다는 경험 쪽으로 방점을 찍은 내셔널스 감독이었다.

경기가 속개되기 전, 시구부터 경기장이 달아올랐다. 현직 대통령이 시구에 나선 것이다. 금발을 살포시 누른 대통령이 마운드에 섰다. 와인드업 자세는 좋았지만 공은 홈 플레이트까지 날아가지 못했다. 그래도 그는 뛰어난 쇼맨십을 펼치며 마운드를 내려갔다.

"와아아!"

내셔널스의 홈구장은 이미 펄펄 끓는 불덩이였다.

실물보다 뛰어난 선명도를 자랑하는 전광판을 뒤로하고 슈 허저가 올라왔다. 멋지다. 운비는 진심 그렇게 생각했다. 가끔은, 이 현실이 꿈처럼 느껴졌다. 오늘도 크게 다르지 않았다. 저런 전설과 맞짱이라니…….

하지만!

'기왕 붙었으면 이겨야지.'

운비는 손에 든 테니스공에 더 강한 악력을 가했다.

"헤이, 황."

배트를 고른 인시아테가 말했다.

"왜요?"

"한 점도 안 주려고 애쓰지 마. 황이 석 점 주면 우리가 넉

점 낼 테니까."

"진짜요?"

"그럼. 아까 우리 타자들끼리 맹세했거든. 슈허저의 3종 세트 공략 준비 완료야."

그는 영어의 Already에 힘을 주었다.

"리크의 마법 앞에서요?"

"당연하지."

"그러려면 일단 출루부터 하시죠?"

"오케이, 오늘 재미나게 놀아보자고."

방망이를 수직으로 세워 보인 인시아테가 출격을 했다. 한 자락 거침조차 없는 리드오프였다.

이변!

야구는 그 재미로 본다. 챔피언시리즈 6차전. 그건 정말 대이변이었다. 다른 건 몰라도 1회는 분명 그랬다.

리드오프 인시아테. 초구 슬라이더를 사뿐하게 보내고 2구로 들어오는 152㎞/h짜리 포심을 통타했다. 타구는 군더더기 없이 산뜻한 좌전 안타가 되었다. 테이블 세터를 이룬 리베라도 그랬다. 그 역시 1, 2구를 보내고 3구로 들어온 포심을 노렸다. 공교롭게도 비슷한 지점에 떨어지는 안타가 되었다.

노아웃 1, 2루.

연타를 맞자 워터스가 마운드로 올라갔다. 그는 두어 마디 말과 함께 슈허저의 엉덩이를 툭툭 쳐주고 자리로 돌아왔다. 하지만 효과는 없었다. 오늘은 3번으로 타석을 당긴 프리먼이 초구 슬라이더를 노려 투수 키를 넘긴 것이다. 인시아테가 전력으로 홈을 밟았다.

1 대 0.

브레이브스는 쿨하게 선취점을 가져갔다. 이어진 타석의 켐프의 타구 또한 기가 막혔다. 하지만 너무 잘 맞아 우익수 정면이었다. 원아웃이 되는 동안 리베라가 3루를 차지했다.

원아웃 1, 3루. 슈허저가 잠시 숨을 돌리나 싶었지만 거기 스완슨이 있었다. 시즌 초중반까지만 해도 팀 타격의 중심이던 스완슨. 후반기와 포스트 시즌 들어 침체기를 겪었지만 오늘은 달랐다. 체인지업을 볼로 골라낸 후에 투심을 노려 우익수과 중견수 사이의 펜스를 직격해 버린 것.

"와아!"

브레이브스 팬들의 환호와 함께 주자 일소가 되었다. 스완슨은 2루 베이스 위에서 그간의 부진을 말쑥하게 날려 버렸다.

스코어 3 대 0.

중계석이 그냥 넘어갈 수 없는 장면이었다.

"안타, 안타, 안타의 행진입니다. 브레이브스 타자들 대폭발하고 있습니다."

폼멜의 중계음도 함께 폭발할 수밖에 없었다.

"오늘 만반의 대비를 하고 나왔군요. 슈허저가 공 던질 곳이 없습니다."

"그렇습니다. 5번까지 안타가 무려 네 개입니다. 오늘, 슈허저가 오래 견디지 못할 것 같은데요?"

지미 커튼과 리겔 글레핀도 달아올랐다.

"이렇게 되면 황의 어깨가 가벼워지겠군요?"

폼멜이 분위기를 띄웠다.

"포스트 시즌 들어 황의 방어율이 0.346입니다. 채 1점도 안 되는 가공할 방어율이죠. 큰 경기라 변수가 있다지만 이 정도면 내셔널스에게는 너무 큰 부담이 되는 점수입니다."

"게다가 아직 원아웃이라는 거."

"맞습니다. 초반이지만 한 점 더 들어오면 내셔널스에게 치명적입니다."

글레핀의 말과 함께 알비에스가 타석에 들어섰다. 그의 타구 또한 위협적이었다. 3구를 밀어 1루수 키를 넘겼다. 하지만 선상에서 한 뼘 정도 빗나가 버렸다. 슈허저의 간담이 한 번 더 서늘해지는 순간이었다.

4구를 볼로 골라낸 알비에스, 5구에 들어온 체인지업에 방망이가 헛돌았다. 2루의 스완슨이 아쉬운 표정을 지었다.

홈을 밟고 싶은 스완슨의 바람은 끝내 이루어지지 못했다. 이어진 플라워스 또한 중견수 플라이로 물러난 것이다.

1회에 3 대 0.

슈허저의 투구 수는 벌써 36을 찍고 있었다.

3 대 0.

보석 같은 선취점을 안고 운비가 등판했다. 로진백을 만지며 홈 플레이트를 보았다. 매직 존이 보였다. 하지만… 어쩐지 수호령이 보이지 않았다.

"……?"

가만히 시선을 가다듬었다.

왜?

그러자 심판 뒤에서 수호령이 나타났다.

아!

안도의 숨이 나왔다. 수호령은 홈 플레이트 위에서 하르르 인사를 했다. 그리고, 운비의 어깨를 가리켰다.

'어깨?'

운비의 시선이 어깨로 향했다. 어깨는 아무렇지도 않았다. 다시 돌아보니 수호령은 보이지 않았다.

'어깨……'

최선을 다해 던지라는 거겠지. 가만한 미소로 선수들을 돌아보았다. 리베라와 켐프, 그리고 인시아테. 컨디션은 좋아 보였다. 내야의 스완슨과 알비에스 등도 그랬다. 그런데, 뜻밖에도 한 사람의 컨디션이 나빴다. 오늘 주전으로 나온 플라워스였다.

'플라워스.'

몸이 살짝 좋지 않아 결장했던 플라워스. 아직 다 나은 게 아니었다. 그러나 그는 브레이브스의 주전 포수. 어떻게든 기여하고 싶은 마음에 출전을 강행한 눈치였다.

'내가 잘하면 될 일……'

호흡을 가다듬고 오마르 터너를 바라보았다. 터너는 들고 오던 방망이 중에서 하나를 더그아웃 쪽으로 던졌다. 그리고 타석에서 운비를 향해 스윙을 조율했다.

'오늘은 안 당한다.'

그의 눈빛에서 강철 결의가 엿보였다.

'그렇게는 안 되지.'

운비의 결의도 만만할 리 없었다.

그리고, 마침내 6차전 1회 말을 여는 운비의 초구가 날아갔다.

뻑!

포심은 벼락치는 소리와 함께 미트에 꽂혔다. 154km/h를 찍었다. 하지만 초구라 무브먼트는 아직 제대로 살리지 못했다. 2구는 커터를 선물했다. 터너의 가슴팍으로 파고들었지만 볼이 되었다.

'하나 더.'

플라워스가 같은 코스의 같은 공을 원했다. 다만 미트 위치는 살짝 안쪽이었다.

'문제없죠.'

운비의 3구가 날아갔다.

짝!

터너의 방망이가 돌았다. 배트는 여지없이 부러지고 공은 파울이 되었다.

'체인지업?'

플라워스가 물었다.

'아뇨.'

운비는 딱 한 번의 고갯짓으로 거부 의사를 밝혔다.

'그럼?'

'커터.'

'……'

플라워스의 눈매가 살짝 구겨졌지만 이의는 제기하지 않았다.

저격 삼진.

운비가 뜻하는 걸 알기 때문이었다.

볼카운트 1—2.

운비는 RPM 2,800짜리 커터를 날렸다. 딜리버리도 좋아 목표하는 존으로 제대로 날아갔다.

짝!

"……!"

배트 소리와 함께 터너의 표정이 일그러졌다. 그가 원하던 소리가 아니었다. 배트는 동강나며 홈 플레이트 앞에 떨어지고, 공은 운비 앞으로 굴러갔다. 운비가 그걸 잡아 슬쩍 리듬을 맞춘 후에 1루에 던졌다.

원아웃!

'다 출루시켜도 너는 안 돼.'

운비의 표정은 여전히 아이언 마스크였다.

타석에 또 다른 터너가 들어섰다. 내셔널스의 붙박이 리드오프. 그러나 오늘은 오마르 터너에게 1번을 내준 유격수 미구엘 터너.

짝!

그는 초구로 들어간 포심에 방망이를 휘둘렀다. 공은 직선타가 되어 스완슨에게 날아갔다. 스완슨이 몸을 날리며 다이빙 캐치를 시도했다. 공은 야속하게도 글러브 끝을 맞고 떨어졌다. 재빨리 후속 동작을 가져갔지만 던지기에는 늦은 공. 기분 나쁜 내야안타가 되고 말았다. 이 안타가 운비에게도 불행의 씨앗이 되었다.

원아웃 1루.

이어 나온 하퍼, 운비의 커터를 힘으로 밀어붙여 2루수 키를 넘겼다. 일종의 빗맞은 안타. 2루수가 대처하기 어려운 공

이었다. 발 빠른 터너가 2루를 돌아 3루까지 들어갔다. 원아
웃 1, 3루. 좋지 않은 상황이었다.

"황, 파이팅!"

외야의 리베라가 악을 썼다. 슬쩍 하퍼를 돌아본 운비, 짐
머만과 수 대결에 들어갔다.

1구—151km/h 커터, 볼.

2구—체인지업, 헛스윙.

3구—154km/h 포심, 헛스윙.

4구—체인지업, 볼.

5구—155km/h 포심, 파울.

공 다섯 개 이후에 카운트는 2—2. 그러나 2구에서 좋지 않
은 일이 있었다. 플라워스가 체인지업을 잡지 못한 것. 그의
컨디션을 말해주는 장면이었다.

어쨌든 이제는 위닝샷이 필요한 때였다.

'커터!'

플라워스의 사인을 받았다. 초구 커터와 포심의 RPM은 대
략 1,600 회전대. 포심과 커터의 회전수가 같았기에 공략에 실
패한 짐머만이었다. 운비는 살짝 고민했다. 잘 통하고 있으니
그대로? 아니면 회전을 높여 묵사발. 두 기로에서 택한 건 전
자였다. 잘 통하는 걸 버릴 필요는 없었다. 하퍼에게 견제구
하나를 날린 운비, 6구로 커터를 뿌렸다.

짝!

타격 임팩트 순간의 소리가 운비의 간담을 서늘하게 만들었다. 공을 보고 반사적으로 몸을 돌린 인시아테는 뛰지 않았다. 공이 벌써 펜스 위까지 도착한 것이다.

"아아, 황⋯⋯."

중계석 폼멜의 목소리가 무너지고 있었다.

"1회. 좀처럼 보기 힘든 홈런이 나왔습니다."

"그렇습니다. 포스트 시즌 0점대 방어율의 황. 무려 3실점입니다."

"이렇게 되면 황의 현재 이닝까지의 방어율도 2.00으로 확 높아지게 됩니다."

"실투는 아닌데 짐머만의 임팩트가 좋았습니다. 맞는 순간 홈런 예측이 가능했거든요."

"그 전에 두 선수의 진루가 아쉬웠습니다. 황에게는 불운이죠. 3점. 3점이 들어옵니다."

"이거 예측 불허인데요? 1회 초 슈허저의 3실점도 놀라웠는데 황도 똑같이 3점을 헌납합니다. 오늘 편안하게 경기 중계하기는 틀린 거 같습니다."

중계석의 분위기와는 달리 내셔널스의 더그아웃은 환희로 불타올랐다. 찜찜한 3실점을 그대로 갚아준 것이다.

"어때?"

플라워스가 마운드로 다가왔다.

"시원한데요?"

운비가 웃었다.

"아까 내가 공 빠뜨려서 기분 상한 거 아니지?"

"가끔 빠뜨리는 맛도 있어야죠."

"하여간 배포하곤… 다 잊고 다시 잘해보자고."

"당연하죠."

운비가 오히려 플라워스의 엉덩이를 쳐주었다. 5번으로 나온 머피는 4구 삼진으로 잡았다. 베스트 스터프는 벌컨 체인지업이었다.

2회, 슈허저와 운비는 약속이나 한 듯 안타 하나씩을 허용했다. 이후 3회부터 안정을 되찾은 것까지 콤보로 놀았다.

7회 말, 운비의 수비가 끝났을 때, 슈허저는 삼진 여섯 개에 볼넷 두 개를 기록했고 운비는 삼진 9개에 볼넷 하나를 기록한 게 다를 뿐이었다.

스코어는 3 대 3.

8회 초, 브레이브스는 알비에스가 선두 타자로 나서게 되었다. 이때까지 슈허저의 투구 수는 98개를 기록하고 있었다. 타석의 알비에스는 슬라이더를 그리고 있었다. 4회 이후부터 슈허저의 투구 패턴이 변화된 것이다. 초반 구성은 패스트 볼 50+브레이킹 볼 50이었지만 후반으로 오면서 브레이킹 볼 비중이 높아지고 있었다.

빽!

초구는 커브가 들어왔다.

빽!

2구는 포심이었다.

알비에스의 어깨 근육이 살포시 경련하기 시작했다. 그가 노리는 3구 슬라이더.

'왔다.'

3구가 슈허저의 손을 떠나자 알비에스의 눈이 번쩍 빛났다. 그는 콤팩트한 스윙으로 배트를 휘둘렀다.

짝!

공은 1루수를 넘어 우익수 앞에 떨어졌다. 오랜만의 선두 타자 진루였다.

"와아아!"

길고 긴 0의 행렬에 침묵하던 관중들이 들끓기 시작했다. 차례가 된 플라워스가 배트를 골라 들었다. 그러다 운비와 시선이 마주쳤다.

플라워스.

오늘 좋지 않았다. 포수 자리에서 놓친 공이 두 개였고, 삼진에 병살타까지 날렸다. 이번 타석이라고 좋아질 리 없는 컨디션이었다.

"왜?"

플라워스가 물었다.

"······."

운비는 대꾸하지 않았다. 그저 아련한 눈길만 주었을 뿐이다. 3 대 3에 8회 초, 모처럼 살아 나간 선두 타자.

"안타 한 방 날려주세요."

잠시 숨을 고른 후에 운비가 말했다.

"안타······."

"기왕이면 장타로······."

"······."

"컨디션 같은 거 스스로 극복할 줄 알아야 한다고 말한 적 있죠?"

"내 컨디션··· 알고 있었나?"

"배터리잖아요?"

"젠장, 대타 내라고 해야겠어."

"아뇨. 그럴 거면 처음부터 출장하지 말았어야 했어요."

"······."

"책임져 주세요. 플라워스는 할 수 있어요. 좋은 선수는······."

"컨디션을 극복할 줄 알아야 한다!"

둘은 거의 동시에 말했다.

"헤이!"

주심이 타자를 재촉했다.

"가요."

운비가 플라워스의 등을 밀었다. 나쁜 컨디션을 감추고 있던 플라워스. 그러나 이 절호의 찬스에서까지 컨디션에 얽매이게 둘 수는 없는 운비였다. 타석으로 향하던 플라워스가 엄지를 세워 보였다. 운비 역시, 엄지를 우뚝 세워 플라워스에게 신뢰를 보여주었다.

"둘이 또 무슨 작당이야?"

인시아테가 운비에게 물었다.

"알 거 없고요. 리크의 행운이나 듬뿍 날려주세요."

"홈런 한 방 갈기라고?"

"리크의 마법이라면 그 정도는 되어야겠죠?"

"아, 홈런은 내가 이번 타석에서 치려고 했는데… 할 수 없이 플라워스에게 일단 양보해야겠네."

인시아테는 마른 리크 줄기를 허공에 놓았다. 바람이 그 줄기를 데려갔다. 줄기는 플라워스의 배트 위를 날아 그라운드로 들어갔다. 그리고… 신기하게도 그 마법은 현실이 되고 말았다.

짝!

4구로 들어온 포심이었다. 151㎞/h를 찍은 슈허저의 역투.

그러나 플라워스의 스윙은 이전까지 죽을 쑤던 그 스윙이 아니었다.

"플라워스, 플라워스!"

중계석에서는 폼멜보다 글레핀이 더 흥분을 했다.

"넘어갑니까? 넘어갑니까?"

"아아, 넘어갔습니다. 홈런입니다. 투런 홈런, 투런 홈런!"

중계석이 떠나가고 있었다. 해설자와 캐스터는 데스크를 두드리며 흥분해 댔다. 펜스에는 좌익수 베링거가 망연하게 기대있었다. 사력을 다했지만 잡을 수 없는 높이였다.

"와아아아!"

브레이브스 팬들의 환호를 받으며 플라워스가 홈 플레이트를 밟았다. 오늘 저지른 보이지 않는 실수를 한 방에 만회하는 홈런이었다.

5 대 3.

마침내 길고 긴 동점의 추를 브레이스브 쪽으로 기울게 하는 플라워스였다.

"황!"

더그아웃으로 들어온 플라워스가 운비를 찾았다.

"최고예요!"

운비의 엄지는 여전히 세워져 있었다.

"이 홈런은 황의 것이야."

플라워스는 젖은 시선을 운비를 안았다.

"어허, 그건 황이 아니라 내 덕분이라고요. 리크의 마법을 쓴 건 나거든요."

인시아테가 끼어들었다.

"미안하지만 리크보다 황의 마법이 한 수 위거든. 적어도 내게는."

플라워스는 인시아테의 모자 챙을 눌러 버렸다.

컨디션 다운으로 자진 교체를 요청하려던 플라워스였다. 하지만 운비의 격려에 마음을 바꿨다. 그리고 그는 마침내 자신의 책임을 다했다. 그건 홈런 이상의 가치였다. 플라워스의 사기까지 단숨에 회복된 것이다. 그건 팀 전력에 크나큰 플러스 요인이었다.

8회, 운비는 삼진 하나를 솎아내며 내서널스 타자들을 일축시켰다. 9회가 되자 운비가 마운드를 내려갔다. 아웃 카운트 세 개는 이제 존슨의 손에 맡겨졌다.

내서널스의 타순은 2루수 머피부터였다. 머피는 유격수 땅볼로 잡았다. 좌익수 베링거도 외야 플라이로 해치웠다. 남은 건 아웃 카운트 하나였다. 아웃 카운트 하나면 브레이브스가 월드시리즈로 진출하는 것이다.

하지만 운명의 신은 그렇게 헐렁하지 않았다. 7번으로 들어온 렌돈이 안타를 치고 나갔다. 다음으로 나온 포수 워터스의 타격은 브레이브스의 혼을 쏙 빼놓고 말았다. 좌익수 인시아테 키를 넘어간 타구가 펜스 상단을 맞고 그라운드로 떨어진 것. 중계석의 해설자는 물론이고 운비조차도 투런 홈런으로 착각할 정도의 대형 타구였다.

투아웃 2, 3루.

한 방이면 동점이 될 찰나, 내셔널스 론디 베이커 감독이 대타를 냈다. 선구안과 배트 컨트롤이 좋은 다니엘 로빈슨이었다.

로진백을 만지며 긴장감을 털어낸 존슨이 타자를 노려보았다. 초구의 사인은 싱커였다. 하지만 초대형 불상사가 일어났다. 살짝 힘이 들어가면서 원 바운드가 되어버린 것. 존슨의 가슴이 철렁했지만 다행히 플라워스가 온몸으로 막아냈다. 잠시 공의 행방을 잃기는 했지만 주자들은 움직이지 못했다. 공과 포수의 거리가 멀지 않았던 것이다.

"오케이!"

플라워스는 잔뜩 상기된 얼굴로 공을 찾아들었다. 홈런 덕분이고, 운비 덕분이었다. 전전 이닝 같았으면 뒤로 흘렸을 수도 있는 공. 그러나 홈런을 치며 자신감이 생기다 보니 몸 동작이 빨랐다.

'후우!'

브레이브스의 더그아웃 여기저기서 가슴 쓸어내리는 소리

가 들렸다.

호흡을 고른 존슨이 로빈슨과의 승부에 들어갔다. 2구는 패스트 볼을 던지고 3구로 절벽 커브가 들어갔다.

부욱!

후끈 달아오른 로빈슨의 방망이가 돌았다.

짝!

소리가 났지만 공은 하염없이 위로 솟구칠 뿐이었다. 존슨이 스완슨을 가리켰다. 스완슨은 고개를 들어 낙하지점을 골랐다. 그 공을 향해 글러브를 내밀었다. 공은 얌전하게 그 안으로 들어갔다.

"아아, 마침내 브레이브스가 월드시리즈에 진출합니다!"

기다렸다는 듯이 중계석의 중계음이 폭발하기 시작했다.

"존슨. 위기를 넘기고 마무리를 합니다. 황의 승리를 지켜줍니다."

"역사적입니다. 이 멤버로 챔피언시리즈 제패라뇨? 이 멤버로 월드시리즈 진출이라뇨? 브레이브스, 최소의 투자로 최대의 효과를 거두는 한 해입니다."

"선수들, 샴페인을 들고 쏟아져 나옵니다. 황과 존슨, 플라워스를 향해 샴페인 세례를 펼칩니다."

"감격입니다. 브레이브스의 영건과 루키들, 기어이 초대형 사고를 칩니다. 무려 월드시리즈 진출입니다!"

중계석이 법석을 떠는 만큼이나 그라운드도 환호에 휩싸여 있었다. 마운드 쪽으로 몰려나온 브레이브스 선수들은 한데 엉겨 감격을 누렸다.

"크하핫, 요 귀여운 코리안 베이비!"

노장 콜론은 운비의 머리에 헤드락을 가하며 놓아주지 않았다. 리베라는 그런 운비의 등짝에 올라타 샴페인을 쏟아댔다. 꿈은 꾸었지만 실제로 되리라고 생각지 못했던 내셔널리그 왕좌 등극. 그건 이미 꿈이 아니라 현실이었다.

"으아아!"

운비도 마음껏 우승 기분을 즐겼다. 그럴 자격도 있었다.

"스니커!"

선수들은 감독을 끌고 나왔다. 그리고 보란 듯이 적지의 그라운드 높이 헹가래를 쳤다.

"어이, 나는 그만하고 황이나 띄우라고. 최고 수훈이잖아?"

하늘 높이에서 스니커가 외쳤다.

〈브레이브스 내셔널리그 왕좌 등극〉

〈브레이브스 4승 2패로 월드시리즈 진출〉

〈2패 뒤의 기적 같은 파죽지세 4연승〉

〈포스트시즌의 히어로 탄생 뉴 에이스 황, 5승으로 만장일치 시리즈 MVP〉

〈타고난 승부사 황의 미러클, 포스트시즌 5승 무패 ERA 1.03〉

현란한 기사 제목과 함께 브레이브스의 월드시리즈 진출이 전 세계로 타전되어 갔다.

＊　　　　＊　　　　＊

도무지 흥분이 가라앉지 않는 클럽하우스였다. 선수들은 플라워스와 인시아테, 스완슨 등의 타점 타자들 무용담을 듣기에 바빴다. 그 자리에는 기자들도 빼곡했다.

—노리던 공이었나?

—임팩트 순간 홈런을 직감했나?

기자들의 질문도 지겹지 않았다. 당연히 운비도 바빴다. 리사의 카메라를 상대해야 했고 미국 유수의 방송사와 MLB 관계자들의 인터뷰에도 응해야 했다.

"단장님!"

리사의 시선이 하트를 향했다.

"황이 챔피언시리즈 MVP를 먹었습니다. 이렇게 되면 황을 노리는 구단이 많아질 텐데 황을 잡을 머니는 마련되어 있습니까?"

여기서 나온 하트의 대답이 걸작이었다.

"구단을 팔아서라도 황을 지킬 겁니다."

─구단을 팔아서라도.

모순된 말이지만 그만한 결의도 없어 보였다.

"아메리칸리그에서는 양키스가 에스트로스를 일축하고 올라와 있습니다. 4승 1패가 되면서 브레이브스보다 휴식 시간도 넉넉하게 가졌지요. 월드시리즈도 자신 있습니까?"

기자들의 질문이 스니커에게 날아갔다.

"그 대답은 우리 선수들이 할 것 같습니다만……"

스니커가 선수들을 돌아보자 함성이 터져나왔다.

"우와아아!"

"양키스, 우리가 간다!"

선수단의 의욕은 용암보다 뜨거웠다. 양키스의 휴식일이 2일 정도 많다지만 브레이스도 4일을 쉴 수 있었다. 헝클어진 선발 로테이션을 정상대로 돌릴 수 있는 시간이었다.

"황!"

기자회견이 끝나자 스칼렛이 다가왔다.

"스칼렛!"

운비는 스칼렛의 넉넉한 몸매를 품에 안았다.

"챔피언시리즈 MVP에게 내가 주는 상이야."

그가 얼음 동동 띄운 콜라를 내밀었다.

"고맙습니다."

"내가 할 소리."

"헤이, My MVP. 내 것도 있는데……."

윤서 역시 콜라를 준비했다. 운비는 양손에 콜라를 받아들었다. 내셔널리그 우승을 먹었다. MVP를 먹었다. 콜라도 먹었다. 기자들은 그 장면을 찍느라 바빴다.

하하핫!

아하핫!

그치지 않는 웃음과 함께 클럽하우스의 시간이 깊어갔다.

운비는 새벽에야 집으로 돌아왔다.

"굿 나잇, 최고였어."

운전을 맡아준 윌리 윤이 엄지를 세워 보였다.

"형 덕분이야."

운비는 인사를 잊지 않았다.

윤서와 함께 거실에 들어섰다. 불이 켜지자 긴장이 풀렸다.

"운비야……."

아직도 감격이 가시지 않은 윤서가 운비 품에 안겼다.

"어어, 왜 이래? 인시아테가 보면 쌍도끼 품고 달려들라."

"됐어. 그러거나 말거나……."

윤서에게서 코맹맹이 소리가 났다. 그래서 더는 밀어내지 못했다.

"너 정말 대단해. 나 아까부터 계속 그 생각만 했어."

"당연하지. 난 빅 유닛이니까."

"그거 말고. 네 뚝심… 내 동생이지만 정말 존경스러워. 결과론 때문이 아니라 나 같으면 배구에서 전향할 생각도 못했을 거야."

"누나……."

"네가 최고야. 엄마 아빠도 그렇게 생각하고 있어. 지금 한국에서도 난리래. 기자들이 쳐들어와서 말이야."

"알았으니까 이제 그만 그 감정을 침대에 누이시죠. 저도 씻고 자야겠거든요."

"알았어. 아직 시즌이 끝난 건 아니니까."

"땡큐!"

윤서가 저절로 떨어져 나갔다. 운비는 샤워를 마치고 방으로 들어왔다. 책상 위에는 언제나처럼 게임기와 테니스공, 그리고 야구공이 보였다. 늘 그랬듯이 게임기를 집어 들었다. 노랑 바탕에 초록 그라운드는 여전히 선명했다. 파워를 On으로 밀었다. 소리가 나지는 않았다. 하지만 게임기에 서리는 수호령은 보였다. 하르르 손을 흔드는 작은 수호령.

'고마워.'

운비는 게임기를 쓰다듬었다. 모든 것은 기적이 아니었다.

운비는 그만큼 노력했다. 정말이지 자는 시간 이외에는 야구에 올인했다. 앞으로도 그럴 것이다.

이제 시작될 월드시리즈.

단어만으로도 운비의 가슴이 확 데워졌다. 다 같은 야구다. 다 같은 메이저리그의 시합이다. 하지만 그 뉘앙스는 그 어느 대전과 달랐다. 마치 구름 위에서 치르는 게임의 느낌이 오는 것이다.

양키스.

운비가 생각하던 메이저리그 최고의 팀.

언젠가 그 팀에서 뛰고 싶던 황운비.

그러나 이제는 그 팀을 상대로 출격하는 에이스의 역할이 주어졌다.

에이스!

데뷔 첫 해의 루키에게 그 이름은 무거웠다. 하지만 와일드카드와 디비전시리즈, 챔피언시리즈를 경험하면서 어깨의 무게는 사라졌다. 가을 야구를 즐기는 과정에서 두려움과 부담이 사라진 것이다. 그건 브레이브스의 다른 루키들도 다르지 않았다.

"사고 한번 쳐보자고."

헤어지기 직전 리베라가 한 말이었다. 리베라 뿐만이 아니었다. 신인급에 속하는 카브레라, 토모, 스완슨, 알비에스 등도 한마음이었다. 브레이브스의 영건과 루키들은 잃을 게 없었다. 그렇기에 오직 직진을 꿈꿀 수 있었다.

'사고……'

야구공을 잡았다. 침대에 누운 채 허공에 던졌다. 사고를 치려면 기본이 튼튼해야 했다. 그 기본에는 휴일이 없었다. 운비의 밤은 '루틴'대로 깊어갔다.

스니커는 딱 하루의 자유를 주었다. 운비의 목표는 늦잠. 가능하자면 오후 2시까지 자고 싶었다. 하지만 습관이 그걸 허락하지 않았다. 늘 일어나던 시간에 눈이 떠진 것.

오늘 하루 뭘 할까?

생각하던 중에 방송 화면에 눈이 닿았다. 한국의 먹방 프로그램이 나오고 있었다. 삼겹살 요리였다.

삼겹살.

그거라면 아주 특별한 게 있었다.

하지만 아주 특별한 하나를 구할 수 없었다. 아쉬움에 대안을 찾을 때 전화가 울렸다.

"세형이?"

소야고의 단짝 이세형. 그도 운비의 챔피언시리즈 MVP 소식을 들은 모양이었다.

"그래. 형님이시다."

"웬일이냐?"

"웬일은? 일단 축하!"

"땡큐."

"됐고, 집에 있으면 좀 나와보셔."

"뭐?"

"나와보라고. 우리 네 집 앞이야!"

"뭐?"

"아, 진짜… 장난 아니거든. 방해 안 할 테니까 잠깐 나와서 물건이나 접수하셔. 필요 없을 지도 모르지만."

"야, 이세형……."

"진짜라고. 우리 시즌 끝나서 잠깐 휴식이잖아? 그래서 너 응원하러 미국까지 달려왔다. 수준 높은 메이저리그 견학도 할 겸."

"진짜야?"

"당연하지. 빨리 나오기나 하셔."

빵빵!

전화가 끊기며 클랙션이 울렸다. 긴가민가, 운비가 현관을 열었다.

"……!"

장난이 아니었다. 거기 낯익은 사람들이 있었다. 박철호 감독과 강철욱에 더해 더 푸짐해진 세형까지.

"감독님!"

"잘 있었냐?"

"그럼요. 언제 오셨어요?"

"방금 비행기에서 내렸다. 너한테 부담될까 봐 몰래 경기 보려고 했는데 세형이 놈이 뭘 좀 꼭 전해주고 싶다길래……"

박 감독이 돌아보자 세형이 묵직한 박스 하나를 내밀었다.

"뭐냐?"

운비가 물었다.

"뭐 내가 헛발질인지는 모르겠지만 너 거기다 고기 구워 먹으면 스태미나가 펄펄 넘친다고 했던 거 같아서… 챔피언시리즈까지 역투하느라 체력 다 바닥났을 거 아냐?"

"……!"

박스를 연 운비는 말을 잇지 못했다. 그거 자갈이었다. 게다가 그 자갈…….

"너……"

"맞아. 니가 맨날 소야도 자갈만이 진정한 자갈 삼겹살 맛을 낸다기에 내가 거기 해변 가서 좀 뿌려왔다. 바로 아네."

"으아악, 이 자식!"

운비가 세형을 당겨 안았다.

"쉬어라. 우리도 피곤하니까 숙소로 가야겠다."

박 감독이 정리에 들어갔다. 운비를 방해하고 싶지 않은 것이다.

"안 돼요. 기왕 자갈까지 가져왔으니 자갈 삼겹살 한 판 먹고 가세요."

"아니야. 우리 너 보는 게 스태미나 보충이다. 우리 신경 끄고 컨디션 유지에 집중해라. 월드시리즈도 챔피언시리즈처럼 역투해 주고."

"그야……."

"야야, 운비 얼굴 봤으면 가자."

"잘해라."

"야, 황운비, 월드시리즈에서도 꼭 우승해서 MVP 먹어라. 나도 네 덕에 챔피언 반지 한번 구경하자."

철욱과 세형은 박 감독에게 끌려가면서도 응원을 잊지 않았다.

'세상에…….'

운비는 자갈에서 눈을 떼지 못했다.

쏴아아 쏴아아.

끼룩 끼이룩!

파도 소리와 갈매기 소리도 들리는 것 같았다.

'좋았어.'

주먹을 불끈 쥐었다. 운비가 꿈꾸던 그 요리를 할 수 있게 된 것이다.

이날 오후, 운비는 스칼렛을 비롯해 스니커와 헤밍톤, 인시아테, 켐프, 프리먼에 리베라와 테헤란, 콜론, 토모 등의 선수들을 불러 모았다. 거기서 맥주와 콜라를 곁들여 스태미나를 보충시켰다.

자갈 삼겹살의 인기는 특급 호텔의 럭셔리 요리 저리가라였다. 기름이 쏙 빠진 삼겹에는 바다의 향이 가득했다. 거기에 자갈을 공수한 세형의 정성과 운비의 정성까지 더해졌으니…….

"으아, 이거 양키스 정도는 4승으로 셧아웃시킬 수 있을 거 같은 데요?"

리베라가 배를 두드리며 기개를 높였다. 브레이브스 선수들의 사기는 지글거리는 삼겹살 기름만큼이나 온도가 올라가고 있었다.

4. 그들의 위대한 도전

"황운비!"

"비비 사바시아!"

미디어 데이, 두 감독은 거침없이 1차전 선발을 밝혔다.

브레이브스의 신성 황운비 VS 양키스 마운드의 정신적 리더 사바시아.

―황운비, 정규 시즌 17승 6패 ERA 2.58. 포스트 시즌 5승 무패 ERA 1.03.

―사바시아, 정규 시즌 16승 6패 ERA 3.02. 포스트 시즌 3승 무패 ERA 1.88.

둘의 기록은 용호상박이었다. 포스트 시즌 성적도 비슷했다. 사바시아 또한 혼자서 3승을 챙기고 올라왔다. 한물갔다고 평가받던 노장의 부활이었다.

방어율도 나쁘지 않았다. 패스트 볼 구속이 2~3㎞/h 오르며 오색 변화구의 위력도 올라간 편. 거기에 관록이 짱짱하니 1선발로 예상되던 오부치 다나카를 제치고 1차전 등판의 중임을 맡은 것이다. 물론 홈보다 원정에 강하다는 데이터도 참작이 되었고 다나카가 몸살을 앓은 것도 작용을 했다.

"몇 차전까지 갈 것으로 예상합니까?"

기자들의 질문이 이어졌다.

"우리는 4승 2패입니다."

"미안하지만 양키스는 4승 1패로 시리즈를 끝내려고 합니다."

예상은 양키스 쪽이 빡빡했다.

"양키스 홈에서 끝내겠다는 거군요?"

"그렇습니다. 우승은 역시 홈에서 해야 제 맛이죠."

게리 지라디 감독이 웃었다. 머리를 짧게 깎은 그는 여유가 있었다. 포스트 시즌에서 브레이브스와 맞선 모든 감독들처럼.

"그렇게 보면 스니커 감독님도 홈에서 우승이군요?"

이 질문의 주인공은 리사였다. 은근히 스니커의 기를 살린 것.

"지라디 감독에게 공감합니다. 우승은 역시 홈에서 해야 제맛이죠."

스칼렛의 목소리는 담담했다.

펑펑!

회견이 끝나자 카메라 소리가 천둥을 울렸다. 마침내 월드시리즈의 순간이 다가온 것이다.

"여러분!"

구단 회의실로 돌아온 스니커가 선수단을 향해 시선을 들었다. 흥에 겹던 선수들이 일동 동작을 멈추고 주목했다.

"올해는 양키스와의 7차전이 마지막 대진표입니다."

"……"

"말인즉슨 이게 끝나면 더 이상 야구가 없다 이 말이죠."

"……"

"그러니까 우리……."

스니커는 선수단을 천천히 바라보며 뒷말을 이었다.

"제대로 한번 놀아봅시다!"

"……"

"왜냐면 여러분은, 시즌 대진표에도 나와 있지 않은 대진표의 끝까지 올라온 최고의 선수들이니까."

"와아아!"

스니커의 말에 선수단이 끓어올랐다. 특별하게 엄숙하지도 않았다. 특별하게 상기시키지도 않았다. 그럴 필요도 없었다. 이 자리에 모인 모두는 알고 있었다. 같은 갈망을 가지고 있었다.

—우승!

—절대 반지 획득!

단 한 명도 그것과 다른 꿈을 꾸는 사람은 없었다.

1차전 황운비.

2차전 콜론.

3차전 테헤란.

선발예고는 3차전까지 나왔다. 3승을 거두게 된다면 토모나 블레어, 딕키가 4차전을 맡을 수도 있었다. 하지만 반대의 결과가 나온다면 다른 전략이 필요했다. 콜론이 2차전에 나오는 건 역시 그의 컨디션 때문이었다.

"황이 준 삼겹살을 먹었더니 회춘한 기분입니다. 1, 2차전에 내보내 주십시오."

콜론은 코칭스태프에 전격 요청을 했고, 그의 구위를 확인한 코치진은 요청을 받아들였다.

1차전 선발 황운비.

운비는 꿈에서도 감히 넘보지 못하던 월드시리즈 1차전 선발투수로 낙점되었다. 스니커로서는 기선 제압이 필요했다. 그리고, 그 기선 제압의 확률이 가장 높은 선수는 당연히 운비였다. 이제 운비는 브레이브스 모두가 인정하는 에이스였다.

1차전을 하루 앞두고 팀 미팅이 있었다. 구단과 프런트의 지원은 극에 달했다. 그들은 선수단의 컨디션을 위해 모든 것을 아끼지 않았다.

"황!"

그날 저녁 스칼렛이 조언을 남겼다.

"네."

"챔피언시리즈까지 고생했지."

"별말씀을……."

"다 잊고 새로 시작하게."

"……?"

"그때의 승수, 방어율, 감동… 그런 거 다 내려놓고 새로 시작하는 거야."

웃는 스칼렛의 얼굴에서 흰 수염이 나부꼈다. 공감했다. 내가 누군데… 나 내셔널리그 MVP 먹은 최정상급 투수야. 나혼자 올린 승이 몇 승이나 되는 지 알아?

그런 과거형은 소용없었다. 지금 브레이브스에게 필요한 건 4승이었다. 그리고, 그 첫 승을 운비에게 기대하는 것이다.

"명심하죠."

운비가 고개를 끄덕였다. 스칼렛도 고개를 끄덕였다. 어쩌면 할아버지와 손자 같은 나이대. 하지만 둘은 운명의 끈에 엮인 듯 서로를 믿고 신뢰했다. 그 신뢰는 이 밤에도 변함이 없었다.

"안녕하세요? 야구팬 여러분, 리사입니다. 마침내 월드시리즈의 아침이 밝았습니다."

개막전 아침, 지역 방송은 리사를 앞세웠다. 그녀는 브레이브스 홈구장 앞에서 한없이 들떠 있었다. 왜 아닐까? 자그마치 월드시리즈였다. 게다가 홈구장의 개막전이었다. 이른 아침인데도 홈구장 앞에는 팬들의 모습이 꽤 보였다.

"잠도 안 자고 달려왔습니다. 빨리 시작했으면 좋겠어요. 고고, 브레이브스. 파이팅 황!"

팬들이 인터뷰에서 합창을 했다. 그들도 운비의 '파이팅'이 가지는 의미을 알고 있었다.

"기적입니다. 여기까지 온 것도 기적입니다. 시즌 개막 때, 누가 브레이브스 홈구장에서 월드시리즈 개막전이 열릴 줄 상상이나 했을까요? 하지만 이제는 기적이 아닙니다. 우리 브레이브스 전사들, 또 한 번의 기적을 일으킬 준비를 끝낸 상태입니다. 올해 우승 반지는 브레이브스 몫이 될 것으로 믿어 의심치 않습니다. 브레이브스 선수들, 우승 반지 부탁해요."

리사의 멘트가 끝났다. 특집으로 마련된 방송이었다. 화면

은 스니커를 비롯해 운비와 콜론, 리베라와 프리먼 등의 인터
뷰 장면으로 이어졌다.

운비는 리모콘을 눌러 방송을 잠재웠다. 영광에 묻힐 시간
이 아니었다. 차분하게 루틴으로 들어가야 할 시간이었다.

　—운비 씨, 최선을 다해줘요.

장리린의 문자는 오늘도 딱 한 통이었다.

　—목숨 걸고 던질게요.

운비도 간단하게 답했다. 서울의 부모님은 오지 않는 것으
로 결정이 되었다. 두 분의 일도 바빴지만 운비에게 방해가 될
까 봐 그런 결정을 내렸다.

'고맙습니다.'

책상의 사진에 인사를 했다. 그리고, 마침내 개막전의 루틴
에 돌입하는 운비였다.

불펜에는 플라워스가 일찌감치 나와 있었다. 덕분에 레오
는 구경만 하는 신세가 되었다. 하던 대로 했다. 느린 구속에
서 빠른 구속으로, 브레이킹볼에서 체인지업과 패스트 볼로.
마지막으로 스트라이크존을 구석구석 조율하고 등판 준비를
끝냈다. 조금 일찍 시작한 것인지 다른 날보다 10분 정도 여
유가 있었다.

"레오, 어땠어요?"

운비가 레오를 불렀다.

"이거지."

레오가 엄지를 세워 보였다.

"패스트 볼 구속이 흡족하게 나온 거 같지 않아요."

"어깨 좀 풀어줄까?"

"그럴래요?"

운비가 수락하자 레오가 어깨 마사지를 시작했다. 그의 손은 여느 트레이너 못지않았다. 투수의 근육을 잘 이해하는 까닭이었다.

"와, 시원한데요? 한 10km/h 정도 올라갈 거 같아요."

"구속에 신경 쓰지 말고 공 끝을 잘 살려. 황의 공은 언제나 쉽지 않은 볼이거든."

"흐음, 레오 말대로 되면 오늘 1점 정도로 막을 것 같은데……."

"편안하게 3점 정도 준다고 생각해. 야구 혼자 하는 거 아니니까."

"그건 다이런 저지의 말 같은데요?"

"양키스의 저지?"

"그런 말을 했더라고요. 야구는 스물다섯 명이 당기는 로프와 같다. 한 명이 삽질을 하면 스물네 명이 뒤처진다."

"연구도 제대로 했군. 그런 거까지 꿰고 있는 걸 보니."

"다이런 저지가 워낙 압권이잖아요? 양키스에서는 반드시

막아야 하는 타자 중에 하나예요."

"저지도 아마 황이 브레이브스에서 가장 때리기 힘든 투수라는 거 알고 들어올 거야."

"흐음, 위안이 되는 데요?"

"가봐. 리사가 기다리는 거 같은데?"

레오가 불펜 입구를 가리켰다.

"그렇네요. 리사를 오래 기다리게 하면 차 기자님이 버럭거릴 테니……."

운비가 공을 놓고 돌아섰다. 차혁래와 리사. 시리즈가 깊어가듯 둘의 관계도 애틋해지고 있었다. 결혼 얘기도 나오고 있었다. 그러고 보니 운비의 야구를 따라 차혁래의 사랑도 깊어진 모양이었다.

"황!"

리사가 손을 흔들었다.

"안녕하세요?"

"시작?"

"좋죠."

이제는 서로를 잘 아는 두 사람, 바로 인터뷰에 돌입했다.

"루키로서 월드시리즈 개막전에 나서는 기분 어때요?"

"죽이는데요?"

"오늘 컨디션은?"

"역시 죽이죠."

"개막전 승리, 믿어도 될까요?"

"그러세요. 우리 선수들은 한없이 달궈져 있으니까요."

"그럼 승리를 기원합니다."

리사가 주먹을 내밀었다. 운비 역시 그 주먹에 주먹을 맞춰 주었다.

월드시리즈 개막 식전 행사가 열렸다. 그야말로 축제 분위기였다. 챔피언시리즈 때와는 또 다른 풍경이었다. 이날, 운비와 관련된 기념품은 완전히 매진되었다. 유니폼도 그랬고 미니어처와 티셔츠도 그랬다. 하트 단장의 입은 귀에 걸려 내려올 줄을 몰랐다.

운비는 관중석을 보았다. 윤서와 스칼렛은 한눈에 들어왔다. 하지만 박 감독과 세형이 등은 보이지 않았다. 방해가 될까 봐 구석에서 조용히 관전하는 모양이었다.

'인사 정도는 하고 가도 되는데……'

아쉬웠지만 이해했다. 박 감독은 그런 사람이었다.

시구가 시작되었다. 운비는 마운드에서 시구자를 기다렸다. 시구자는 이때까지도 비밀에 부쳐졌다.

"와아아!"

시구자가 나오자 관중들이 기립 박수를 시작했다.

'대체 누가 나오길래?'

운비가 고개를 돌렸다.

'아!'

짧은 신음이 나왔다. 시구자는 전직 대통령 모바마였다. 미국 역사상 가장 친근한 대통령의 하나. 그는 운비의 공을 넘겨받아 유연하게 공을 뿌렸다.

양키스의 타자가 일부러 헛스윙을 하며 분위기를 맞춰주었다. 모바마는 운비와 여러 선수들에게 악수를 나누고 마운드를 내려갔다.

그리고 마침내 월드시리즈의 화려한 개막이 올랐다.

〈양키스 선발 라인업〉

1번 타자: 메이슨 가드너(LF)

2번 타자: 게리 산체스(C)

3번 타자: 다이런 저지(RF)

4번 타자: 조지 할러데이(1B)

5번 타자: 존 엘스버리(CF)

6번 타자: 다니엘 카스트로(2B)

7번 타자: 이안 멕케니(3B)

8번 타자: 대니얼 그레고리우스(SS)

9번 타자: 비비 사바시아(P)

〈브레이브스 선발 라인업〉

1번 타자: 인시아테(CF)

2번 타자: 리베라(RF)

3번 타자: 스완슨(SS)

4번 타자: 프리먼(1B)

5번 타자: 켐프(LF)

6번 타자: 플라워스(C)

7번 타자: 알비에스(2B)

8번 타자: 가르시아(3B)

9번 타자: 황운비(P)

양키스는 원래 아메리칸리그에 속해 있어 지명타자 제도를 가지고 있다. 하지만 브레이브스가 속한 내셔널리그에서는 투수도 타자로 나선다. 따라서 홈구장의 시스템을 가져가는 메이저리그 규칙에 의해 사바시아도 타자로 나서게 되었다.

양키스의 타순은 스프링캠프 때와는 딴판이었다. 시즌 중의 어느 때보다 견고하고 짜임새가 있어 보였다. 그건 1루수 애런 카터가 백업으로 밀린 것만 봐도 알 수 있었다. 그는 내셔널리그 홈런왕 출신. 그러나 할러데이에게 밀린 것이다.

시즌 초에 단골로 나오던 테이블 세터도 변했다. 전에는 주로 엘스버리와 가드너의 자리였지만 산체스가 들어왔다. 시즌 중반부터 버닝하던 카스트로와 헤들리, 힉스 삼총사 중에서 할러데이만 선발로 나온 것도 주목할 만했다. 그만큼 선수들 경쟁이 치열한 양키스였다. 그건 곧 가용할 수 있는 선수층이 두툼하다는 의미이기도 했다.

그러고 보면 양키스의 1차전 선발은 신구의 완벽한 조화였다. 선발투수로 나온 사바시아는 백전 노장, 거기에 할리데이 역시 중심 빅 맨들과 어린 타자들 타선에 리더십을 투영하는 선수였다. 투타에 중심을 박아놓고 저지나 멕케니를 중간에 연결해 시너지를 만드는 구상이었다.

'오늘의 저격 폭격 대상은……'

운비 뇌리에 양키스 타자들이 스쳐갔다. 주인공들은 당연히 신구의 중심으로 떠오른 두 사람이었다.

저지와 할러데이.

'한 놈 더 더하면……'

당연히 멕케니.

셋을 누르면 투구가 한결 수월해지고, 양키스의 사기도 무너뜨릴 수 있을 것 같았다.

운비는 로진백을 손에 든 채 주심의 콜을 받았다. 개막전의 시작이었다.

1번 타자, 가드너. 시즌 0.288의 준수한 타율을 기록했다. 양키스의 프랜차이즈 선수로 빠른 발을 가진 플레이어. 홈런이 늘면서 타율이 추락했지만 올해는 두 토끼를 다 잡았다. 어쩌면 계약 기간의 끝이 다가오기 때문인지도 몰랐다. 그런 선수들은 무섭다. 반짝 성적이라도 내야 다음 계약에서 연봉 협상의 주도권을 잡는 것. 그렇기에 사력을 다해 기록을 올리려 하기 때문이었다.

매직 존에 이어 수호령을 보았다. 수호령은 홈 플레이트에서 하늘거리다 운비 어깨로 날아왔다.

'어깨?'

돌아보지만 어깨에 문제는 없었다.

'잘 던지라는 거로군.'

운비가 웃자 수호령은 하르르 사라져 버렸다.

'초구는?'

운비의 역사적인 사인이 플라워스에게 날아갔다.

'커터 꽂을까요?'

'나쁘지 않지.'

'그래도 개막전이니까 시원하게 포심이 좋겠죠? 쾅!'

'Me too.'

사인 교환이 끝났다. 운비는 모자를 눌러쓰고 그라운드를 돌아보았다. 1루의 프리먼은 컨디션이 좋았다. 2루의 알비에스는 보통, 우익수로 건들거리는 리베라는 최상. 시선을 우측으로 돌렸다. 스완슨이 들어왔다. 나쁘지 않았다. 인시아테는 자기를 보라는 듯 손을 흔들어 보였다. 그 또한 좋았다. 다만, 3루의 가르시아는 조금 좋지 않았다. 포수 플라워스까지 체크하면서 와인드업에 들어갔다.

야구는 팀 게임이다. 절대 개인경기가 아니다. 컨디션이 좋지 않은 아홉 중의 하나. 그 정도는 어느 팀이든 있을 수 있는 일이었다.

"와앗!"

초구가 운비 손을 떠났다. 동시에 중계석도 슬슬 온도가 올라가기 시작했다.

빽!

가드너는 초구를 그냥 보냈다.

"황의 초구가 꽂혔습니다. 포심이죠?"

중계석의 폼멜이 중계의 포문을 열었다.

"그렇습니다. 154km/h를 찍었습니다."

"컨디션 나쁘지 않은데요? 딜리버리가 아주 소프트하게 연결되고 있습니다."

두 명의 해설자들도 기다렸다는 듯 가세했다.

"오늘도 역시 커터가 주 무기겠죠?"

"당연하죠. 오늘 황의 커터는 어쩌면 양키스의 저주가 될지도 모릅니다."

"양키스의 저주라고요?"

폼멜이 맞장구를 쳤다.

"커터의 명인이 여럿 있지만 그중에서도 양키스의 레전드 '리베라'가 첫손에 꼽히지 않습니까? 그 커터가 돌고 돌아 황에게 왔습니다. 브레이브스 BFP 프로그램에 참여한 스태프가 리베라의 커터 적통의 계보거든요. 그러니까 양키스에서 시작된 절망의 커터가 양키스를 겨누고 있는 거죠."

"아, 그럴듯하군요. 오늘 황이 양키스의 타선을 제대로 틀어막아준다면 말입니다."

"황은 챔피언시리즈 이후에 충분한 휴식을 가졌습니다. 불펜 투구를 보니 그 어느 때보다 역동적이더군요. 양키스가 준비를 하고 나왔겠지만 2점 이상 뽑기는 힘들 겁니다.

"그렇다면 브레이브스 타자들은 3점 이상을 뽑아야겠군요."

"하지만 노장 사바시아도 포스트 시즌에서 펄펄 날고 있습니다. 그의 방어율도 1점대라는 걸 눈여겨봐야 할 겁니다."

"자칫하면 피 말리는 투수전이 될 수 있다는 거 아닙니까?"

"그렇습니다. 이 경기는 어느 경기보다 선취점이 중요한 게임이 될 것 같습니다."

중계석이 슬슬 분위기를 띄워놓았다.

운비는 2구를 겨누었다.

'커터?'

플라워스가 사인을 보내오자 운비가 고개를 저었다.

'체인지업.'

'오케이.'

원래라면 3회 정도까지는 패스트 볼 중심의 승부를 하던 운비였다. 포심으로 윽박지르고 커터로 김을 뺀다. 하지만 가위 먼저, 바위 먼저, 보가 마지막이라는 공식을 고정시킬 생각은 없었다.

"스트라익!"

체인지업은 제대로 떨어졌다. 가드너의 배트가 나왔지만 맞추지 못했다. 3구 역시 체인지업을 날렸다. 볼을 골라낸 가드너가 고개를 갸웃거렸다. 구위는 나쁘지 않은 운비. 그런데 볼 배합이 영 다른 것이다.

볼카운트 1—2.

'커터!'

플라워스가 바라던 커터가 결정되었다. 숨을 고른 운비, 포심과 똑 같은 회전으로 4구를 날렸다.

짝!

가드너의 배트가 공을 스쳤지만 파울칩이 되었다. 공은 마법처럼 포수의 미트에 걸려들었다.

"스트라익아웃!"

주심의 주먹이 허공을 찌르자 홈 관중들에게서 박수가 나왔다.

1번 타자 삼진.

운비의 출발은 산뜻했다.

2번 타자는 산체스였다. 시즌 초반 부상으로 이탈하면서 팀에 그림자를 선물했던 산체스. 그러나 역설적으로 말하면 양키스의 월드시리즈 진출은 그의 부상 덕분이었다. 부상의 빈자리를 메우기 위해 콜업된 다이런 저지가 펄펄 날면서 팀에 플러스 요인이 되어버린 것이다. 타율, 장타율, 타점, 출루율. 공격 전부분 상위권에 오른 다이런 저지의 기록은 루키라고 믿기 어려울 정도였다.

산체스에게는 볼 배합을 바꾸었다.

1구—커터, 파울.

2구—커터, 파울.

3구—커브, 볼.

4구—체인지업, 볼.

볼카운트 2—2.

산체스가 기다리는 5구는 당연히 '포심'이었다. 배트를 한번 휘두르고 들어선 산체스는 가벼운 긴장으로 5구를 기다렸다. 그 5구는 체인지업이 떨어졌다.

"……!"

회심의 일타를 노리던 산체스, 체인지업의 궤적이 스트라이크존으로 들어오자 별수 없이 배트를 휘둘렀다.

"……!"

산체스의 눈가에 아뜩함이 스쳐갔다. 이 체인지업은 유혹이 아니라 베스트 스터프로 들어온 것. 생각보다 낮게 떨어지는 공은 스윙 궤적에서 빗나가고 말았다.

"스트롸익아웃!"

주심이 또 한 번 춤을 췄다. 산체스는 운비를 쏘아보며 더그아웃으로 향했다. 바로 그때 양키스 팬들 쪽에서 높은 박수가 터져 나왔다.

짝짝짝!

괴물 다이런 저지의 등장이었다.

거구였다.

그가 들어서니 타석이 꽉 차 보였다. 신장이 무려 201㎝에 달한다. 메이저리그 현역 타자 가운데 최고의 높이였다. 마운드에는 투타 통틀어 최고 신장의 빅 유닛 황운비. 둘이 서로를 겨누는 것만으로도 팬들을 후끈 달구고 있었다.

"아, 두 빅 유닛이 마침내 충돌하는군요."

폼멜이 분위기를 띄웠다.

"두 선수는 첫 대결입니다."

해설자들도 그 뒤를 이었다.

"역사적인 대결입니다. 올해 신인 중에서 최대어로 꼽히는 황, 타자 중에서 폭풍 기량을 선보이는 저지. 그야말로 거인들의 대결입니다."

"황이 조심해야 합니다. 저지는 덩치에 비해 스윙 스피드가 굉장히 빠르거든요."

"그렇죠. 파워까지 좋아 맞으면 그냥 넘어갈 수 있습니다."

"아, 이 대결 정말 역사적이네요."

중계석도 숨을 죽이기 시작했다. 후끈 달아오른 경기장과는 달리 운비는 오히려 담담했다. 다이런 저지. 같은 리그가 아니라 만나지 않았다. 시즌 초의 교류전 때는 운비가 등판하지 않았다. 저지 역시 그때까지는 마이너에 내려가 있었다.

그러나 그가 빅 리그에 콜업되면서는 '자주' 만났다. 게임이 아니라 언론이나 소문을 통해.

괴물 타자.

많은 사람들이 그렇게 말했다. 실제로 보니 맞는 말이었다. 저지가 타석에 선 것만으로도 위압적이었다. 마치 바위를 세워놓은 듯 던질 곳이 없어 보였다. 하지만 운비의 눈빛은 도리어 빛났다. 메이저의 타자들은 다 한 방이 있다. 저지만 위대한 게 아니었다. 그러나 그만은 확실하게 제압해야 했다. 오늘 운비에게 있어 저격 0순위였다.

'커터!'

이번에는 플라워스와 운비의 사인이 처음부터 맞아떨어졌다.

뻑!

저지 역시 초구는 그대로 흘려보냈다.

'커터!'

2구의 선택도 커터였다. 큰 덩치의 가슴팍으로 파고드는 커터라면 쉽게 쳐내지 못할 것 같았다.

뻑!

2구는 너무 몸 쪽으로 움직였다. 덕분에 볼이 선언되었다.

"2구, 커터입니다. 저지는 움직이지 않습니다."

폼멜은 투수와 타자보다도 더 긴장하고 있었다.

"둘 다 강심장이군요. 이런 빅 게임에서 처음 맞서는 투수에게 인내심을 발휘하는 타자와 태산 같은 덩치의 타자에게 몸 쪽 공을 주저 없이 던지는 투수입니다."

"3구는 어떤 공이 들어올까요?"

"지금까지의 볼 배합으로 보면 체인지업이 들어올 것 같은데요."

해설자들의 예측은 맞았다. 운비의 3구는 벌컨 체인지업이었다. 저지의 배트가 처음으로 돌았다. 공의 위쪽을 때리면서 파울이 되었다.

투 스트라이크 원 볼.

카운트는 운비 쪽으로 기울었다. 4구는 바깥쪽 1, 6번 존을 노린 포심을 꽂았다. 공 하나가 높아 볼이 되었다.

2—2.

운비가 선택한 위닝샷은 다시 '포심'이었다. 방금 전까지 던진 패스트 볼의 RPM은 전부 1,500대의 회전. 2, 3, 7, 8번 존을 노리며 날아간 포심의 RPM도 다르지 않았다.

부욱!

저지의 배트가 돌았다.

짝!

배팅 소리와 함께 공이 솟구쳤다.

"마이!"

우익수 리베라가 두 팔을 흔들며 콜을 했다. 리베라는 거의 자기 자리에서 공을 잡았다.

쓰리아웃!

운비는 담담하게 마운드를 내려갔다.

짝짝짝!

이번 박수는 운비에게 쏟아지는 박수였다.

저지는 잠시 운비를 바라보았다. 팀 미팅 때 들은 것과 또 다른 승부였다. 이번에는 회전수를 전혀 '조작'하지 않은 것이다. 그렇기에 2,800~2,900대의 RPM을 머리에 그리다 당한 저지였다. 운비는, 오늘도 진화하고 있었다.

"으아!"

관중석에서 세형이 숨을 몰아쉬었다. 그 손에서 콜라 잔이 출렁거렸다.

"그러게 강심제나 진정제 먹으랬잖아?"

옆 자리의 철욱이 핀잔을 주었다. 그의 손에도 콜라가 들려 있었다.

"형, 형은 아무렇지도 않아? 방금 양키스의 1, 2, 3번을 돌려세운 게 내 친구 운비라고. 운비."

"그래서 뭐?"

"으아, 형은 진짜 인간도 아니야. 난 운비가 일 구, 일 구 던질 때마다 숨이 막혀 죽을 거 같은데……."

"잘하고 있잖아? 우린 그저 마음으로 응원만 하면 돼."

"으아, 말 안 통하네. 이러다가 내가 먼저 심장마비로 가신다고."

"그럼 병원에 가던가."

"형!"

"조용해라. 다른 분들 경기 관람에 방해가 되잖아?"

침묵하던 박 감독이 한마디를 보탰다.

"감독님도 그래요? 지금 이 장면이 그냥 조용히 볼 장면이에요?"

"그건 아니다만 어쩌겠냐? 네가 나가서 운비 공 받아줄 것도 아니고……."

"하긴……."

그제야 세형의 눈꺼풀이 한풀 내려앉았다. 저 그라운드…
저 마운드… 운비와 함께 뛰고 싶지만 그럴 수 없었다. 그래
서 더 안타까운 세형이었다.

1회 말.

브레이브스의 반격은 좋았다. 선두 타자로 나온 인시아테가
6구의 실랑이 끝에 그라운드 볼 아웃이 되었지만 리베라가
살아나갔다. 오색 구종 중에서 싱커를 노려 깨끗한 우중간 안
타를 뽑아낸 것. 스완슨 역시 투심을 노려 행운의 안타를 만
들었다.

원아웃 1, 2루.

"으아아, 역시 리베라구나. 운비 도우미."

관중석의 세형이 그냥 넘어갈 리 없었다.

"분위기 괜찮은데?"

"그렇지, 형? 프리먼이나 켐프가 한 방 날리면 선취점이야."

"요즘 프리먼 방망이 감이 좋던데 대형 사고 칠 지도 모르
지."

박 감독도 기대감을 감추지 않았다.

"그럼 대량 득점이 나올 수도 있어요. 그렇게만 되면 운비가
편안하게……."

세형의 기대감은 쭉쭉 뻗어갔다. 하지만 멀리 뻗지는 못했
다. 2구를 노린 프리먼의 타구가 그레고리우스의 글러브에 들

어가 버린 것. 수비가 그리 좋지 않은 그지만 깔끔한 곗 투를

성공함으로써 리베라의 거친 태클도 무위도 돌아가고 말았다.

"으아아!"

실망감에 세형은 실신 직전까지 치달았다.

2회 초.

운비는 양키스의 정신적 지주와 만났다. 팀 케미스트리를

중시하는 할러데이가 주인공이었다. 시즌 타율 0.296에 OPS

1.108. 기타 다른 기록도 준수한 할러데이였다.

양키스에는 세 명의 리더가 있었다. 투수에서는 오늘 등판

한 사바시아가 그랬고 타자에서는 토레이스가 그랬다. 그중에

서도 할러데이의 루키들과의 교감은 놀라울 정도였다. 다이런

저지는 스프링캠프 때 할러데이의 배려를 많이 받았다. 중후

한 관록으로 돌보며 기량을 발휘할 수 있도록 한 것이다. 어

쩌면 그 덕분에 잠재력을 마구 폭발시킬 수 있는 건지도 몰랐

다.

운비는 힘으로 밀어붙였다. 저지도 그렇지만 할러데이 역시

조준 저격 대상의 하나였다.

뻑뻑!

초구와 2구를 모두 포심으로 꽂았다. 다행히 할러데이의 배

트가 밀리며 투낫씽이 되었다. 3구는 체인지업을 넣었다. 그

또한 헛스윙이 나와 삼진으로 돌려세웠다.

'후우.'

잠시 숨을 골랐다. 지금까지는 성공이었다.

5번 타자 엘스버리.

그가 좌타석에 서자 다시 긴장하는 운비였다. 저격의 순위에서는 밀리지만 올 시즌 거듭난 그의 기록 때문이었다. 그는 본래 수비 중심. 타격보다는 수비가 좋은 선수였다. 그런데 지라디 감독이 그의 사용법에 변화를 주었다. 1번을 주로 치던 그에게 4번을 많이 맡긴 것. 그 결과 지라디의 홈런 숫자가 눈에 띄게 늘어버렸다. 지라디가 그의 엘스버리의 사용법을 예리하게 짚어낸 것이다.

큰 걸 맞지 않는 투구법으로 옮겨갔다. 동시에 공격적 성향을 역이용해 높은 공으로 승부를 했다. 4구에서 엘스베리가 그 떡밥을 물었다. 바깥쪽으로 빠지는 커터를 공략한 것.

짝!

소리와 함께 공이 홈 플레이트 앞에서 튀었다. 운비가 뛰어들었다. 공은 숨이 죽으며 라인을 향해 굴러갔다. 운비가 잡지 않았다. 잡아도 세이프가 될 상황, 차라리 파울을 노리는 게 나을 상황이었다. 하지만 공은 보란 듯이 라인 위에서 멈췄다. 1루수가 잡았지만 심판이 못 볼리 없었다.

내야 안타.

홈런을 피하려다 엉뚱한 결과를 빚고 말았다. 다행히 6번 카스트로를 3구 삼진으로 돌려세웠다. 투아웃에 1루가 되면서 숨을 돌리는 운비였다.

"와아아!"

다음 타자가 들어서자 다시 양키스 팬들이 함성을 보내왔다. 기대를 받으며 들어선 타자는 7번 이안 멕케니였다. BFP 프로그램으로 피칭을 가다듬을 때 마이너에서 통한의 홈런을 맛 보여준 그 타자. 그 역시 올 시즌 내내 양키스라는 정글에서 살아남았다. 그것도 준수하게.

시즌 타율 0.306. 29홈런에 94타점.

비록 7번으로 나왔지만 그는 이미 정상급 선수의 반열이었다.

'저격 3순위.'

운비의 눈에 불이 들어왔다. 그리고 운비에게 발현된 타조의 신성 시력. 그 눈에 또렷이 보였다. 멕케니 역시 굶주린 사자처럼 두 눈을 번득이고 있는 것이다.

두 젊은 사자.

첫 대결부터 운비를 홈런으로 두들기며 비교 우위라는 자신감을 기록한 멕케니.

이제는 훌쩍 성장해 내셔널리그를 대표하는 좌완의 하나가 된 운비.

두 신성의 불꽃 충돌이었다.

투아웃 1루.

1루가 마음에 걸렸다. 라인에 걸친 타구 때문이었다. 투수라는 게 그렇다. 차라리 시원하게 맞으면 별생각이 들지 않는다. 하지만 어정쩡한 안타가 나오면 아쉽다. 특히 투수가 처리하지 못한 공이라면 더욱.

운비는 견제구 하나 날림으로써 찜찜함을 내려놓았다. 월드시리즈는 4승을 올려야 끝나는 게임. 타구 하나가 좌우할 게임은 아니었다.

'멕케니…….'

눈빛이 무르익었다. 그 역시 시즌 내내 AVG 0.306의 훌륭한 성적을 냈다. 3할 타자가 얼마나 위대한 건지 운비는 잘 알고 있었다. 하지만, 투수이기에 늘 그 반대를 생각하며 긍정마인드를 키웠다. 3할 타자도 열 번에 일곱 번을 못 친다는 것.

멕케니의 매직 존은 변해 있었다. 푸른빛이 많아지고 붉은빛 존이 줄어들었다. 핫 존의 면적이 줄어들었다는 건 콘택트 능력의 상승을 의미하고 있었다.

'황운비…….'

운비는 자기최면을 걸었다. 멕케니보다 더 높은 산도 넘어온 운비였다. 얕볼 필요는 없지만 필요 이상으로 의식할 필요도 없다는 것. 운비는 잘 알고 있었다.

'몸 쪽 높은 거 하나.'

멕케니의 기록을 꿰고 들어온 플라어스가 미트를 들어 올렸다. 운비가 사인을 받았다. 초구는 포심으로 결정했다.

뻥!

멕케니의 몸 쪽으로 바짝 붙은 공이 미트에 제대로 꽂혔다. 155㎞/h를 찍었지만 볼이 선언되었다.

'이게 볼?'

'응.'

플라워스와 심판의 눈빛이 나눈 대화였다.

플라워스가 항의의 뜻으로 공 교체를 요구했다. 2구는 체인지업으로 날렸다. 멕케니는 움직이지 않았고 공은 볼 판정을 받았다. 공 두 개가 미세하게 빠졌다. 어쩌면 스트라이크를 줘도 무방할 공.

'아, 진짜……'

'꼬우면 니가 심판하든가.'

다시 나눈 눈빛도 영양가는 없었다. 플라워스는 다시 죄 없는 공의 교체로 불만을 표시했다.

3구.

'커터?'

플라워스가 두 무릎을 꿇은 채 사인을 보내왔다.

'그러죠.'

퀵 모션에 들어가는 운비는 다소 신중했다. 볼 하나가 더 꽂히면 쓰리 볼이 되는 것이다. 멕케니에게 유리한 카운트를 안겨줄 생각은 없었다.

"와앗!"

기합과 함께 3구가 손을 떠났다. 그 전에 이미 1루 주자가 스타트를 끊었다.

'히트 앤드 런?'

덕분에 어깨가 조금 일찍 열렸다.

'멕케니……'

무의식 속에서 그의 이름이 스쳐갔다. 어떻게 보면 실투라고 할 수 있는 공. 불길하게도 멕케니의 눈빛이 야수처럼 빛나는 게 보였다. 짧은 순간, 멕케니의 배트가 벼락처럼 돌았다.

짝!

'홈런?'

소리와 함께 운비 몸에서 힘이 빠져나갔다. 운비는 돌아보지 않았다. 플라워스가 마스크를 벗어 던지는 걸 보았을 뿐이다. 3루까지 치달은 엘스버리가 주춤거리며 좌익수를 바라보았다. 좌익수는 제자리에 있었다. 공은 그보다 먼 펜스 위에서 내려오고 있었다.

홈런.

투런 홈런이었다.

"와아아!"

양키스 팬들이 폭풍 환호를 발사했다. 멕케니가 3루를 돌 때 관중석의 박 감독이 눈에 들어왔다. 그의 명언도 귀를 타고 들어왔다.

'우리 팀만 성장하는 게 아니야.'

네가 성장할 때 다른 선수들도 성장하거든.

진리였다.

'젠장!'

그냥 웃어버렸다. 새삼스레 또 하나의 진리를 깨달은 것이다. 운비가 성장한 만큼 멕케니도 커 있었던 것. 그런 그를 타석에 두고 생각이 많았던 게 실수였다.

'첫 타석은 네가 이겼다.'

운비는 깨끗하게 인정했다.

"황……."

플라워스와 내야수들이 나가왔다.

"괜찮아요."

운비가 웃었다.

"그렇지?"

플라워스가 응수했다. 이 정도로 무너질 멘탈이 아니라는 걸 아는 그였다.

"한두 점주고 뒤집는 것도 짜릿하잖아요?"

"물론이지. 이제부터 발동?"

"아마!"

"오케이, 아직 8이닝이나 남았어."

플라워스는 신뢰를 표하고 포수 자리로 돌아갔다. 이어 나온 그레고리우스는 중견수 플라이로 잡았다. 마운드를 내려올 때 전광판에는 새겨진 2 대 0이라는 숫자가 운비 어깨와 각도가 맞았다. 썩 좋지 않은 풍경이었다.

운명의 계시였을까? 게임은 그대로 흘러갔다. 브레이브스 타자들은 거의 매회 출루했지만 영양가가 없었다. 6회에 리베라가 안타 후에 3루에 들어간 게 최고의 진루였다. 달리 보면 사바시아의 투구가 여우였다. 그는 무너질 듯 무너질 듯 하면서 산발 안타만을 허용하고 있었다. 안타수로 보면 8 대 5. 8이 브레이브스였으니 타자들의 클러치 능력이 아쉬운 날이었다.

7회 말, 양키스의 불펜이 가동되기 시작했다. 사바시아는 6과 3분의 2 이닝을 던지고 내려갔다. 반면 운비는 8회까지 마운드를 지켰다.

9회 초.

브레이브스는 운비를 내리고 카브레라를 올렸다. 카브레라는 선두 타자에게 볼넷을 주었지만 겟 투와 삼진으로 정규 이닝을 마감했다.

9회 말.

양키스의 뒷문은 제리 베탄시스에게 맡겨졌다. 브레이브스의 공격은 쳄프부터 시작이었다. 2구를 받아친 쳄프의 공은 펜스 앞까지 날아갔다. 그 공이 가드너의 호수비에 막히며 아웃 카운트를 먹었다. 잡지 못했으면 적어도 2루타가 되었을 타구. 오늘은 전체적으로 운이 없는 날이었다.

뒤를 이은 플라워스는 삼진, 알비에스 역시 불운이 겹쳐 유격수 라이너로 게임을 마감하고 말았다.

게임 오버.

첫 승은 양키스 품에 안기고 말았다.

8회까지 2실점.

잘 던진 운비였지만 진루한 주자를 불러들이는 타자들의 클러치 능력이 아쉬운 날이었다.

"괜찮아."

스니커가 운비를 위로했다.

"낭연하쇼. 삼독님이 4승 2패도 이기셨나고 했으니 아직 한 번 더 져도 되잖아요?"

"그렇지?"

운비의 응수에 스니커가 웃었다. 이제 고작 한 판을 졌을 뿐이었다.

2차전.

브레이브스 선수들은 새로운 각오로 나섰다. 선발로 나선 콜론 역시 6회까지 역투를 했다. 어제와는 반대로 선취점은 브레이브스 쪽이었다. 리베라와 프리먼의 솔로 홈런이 터져 2 대 0으로 달아난 브레이브스였다. 5회가 지나자 불펜이 바빠졌다.

승리의 희망은 7회 초에 조각이 되어버렸다. 3루수 가르시아의 캐치볼 실수가 발단이었다. 다음 타자에게 안타를 맞으며 원아웃 1, 3루. 스니커는 불펜에 총동원령을 내렸다. 디키 라미네즈가 올라와 한 타자를 내야 뜬공을 잡았다. 원 포인트 저격에 성공한 라미네즈였다.

다시 투수가 바뀌었다. 이번에는 크롤의 차례였다. 크롤 역시 공 두 개로 투낫씽을 만들며 기세를 올렸다. 하지만 성급하게 들어간 3구 위닝샷이 문제가 되었다. 장타를 허용하며 2 대 2 동점을 허용한 것이다. 8회 공방까지 마치며 양 팀은 9회로 넘어왔다.

9회 초, 투아웃 후에 타석에 들어선 건 다이런 저지였다. 앞선 두 타자를 삼진과 땅볼로 처리한 존슨, 전매특허인 싱커를 초구로 뿌렸다.

짝!

타격음과 함께 공이 솟구쳤다. 처음에는 좌익수 플라이가 될 줄 알았다. 하지만 타구는 쭉쭉 밀리며 관중석 중간에 떨어지고 말았다. 팽팽하던 승부를 양키스 쪽으로 돌리는 솔로 홈런이었다.

3 대 2.

기울어진 점수는 결국 그대로 굳어지고 말았다. 9회 말 브레이브스 역시 투아웃 이후에 인시아테가 2루타를 치며 희망을 이어갔지만 리베라의 기막힌 타구가 점핑을 한 할러데이의 글러브에 빨려 들고 말았다.

"와아아!"

양키스 팬들이 기개를 올렸다.

"……!"

브레이브스 팬들은 할 말을 잃었다. 얼마 만에 올라간 월드 시리즈던가? 더구나 홈 경기였다. 2승은 몰라도 1승 1패 정도로 균형을 맞춰야 했던 게임. 하지만 셧아웃을 당하며 궁지에 몰리고 말았다. 더욱 뼈아픈 건 운비의 패였다. 가장 듬직한 에이스가 등판한 게임을 잡지 못한 게 두고두고 아쉬운 홈 팬들이었다.

양키스 2승.

저울추는 양키스 쪽으로 기울었다.

3차전은 양키스의 홈구장이었다. 여기서 5차전까지 열릴 예정이었다. 지라디 감독의 예상대로라면 브레이브스는 양키스의 홈구장에서 그들의 우승 헹가래를 지켜봐야 할 운명이었다.

3차전은 시구부터 굉장했다. 바로 그 사람이 나온 것이다.

커터 대통령.

운비는 그를 그렇게 불렀다. 커터의 창안자는 아니지만 커터 하나로 빅 리그를 휩쓸었던 철벽 클로저 리베라. 그가 시구자로 등판했다.

"우와아아!"

"리베라, 리베라!"

홈 팬들이 열광을 했다. 시구가 끝나자 리베라가 운비를 찾아왔다. 악수를 나누었다. 커터의 전설을 만난 운비. 당연히 기분이 좋아졌다.

양키스 홈 팬들의 열광은 고스란히 게임에 투영되었다. 브레이브스의 선발은 원투펀치로 불리는 테헤란. 그 역시 2회까지 펄펄 날았지만 3회에서 무너졌다. DH로 출장한 에릭 카터에게 솔로 홈런을 허용한 것. 멘탈이 살짝 흔들린 틈을 타서 양키스 타자들이 끈질기게 물고 늘어졌다. 결국 테헤란은 3회에만 4점을 내주고 말았다.

8회 초, 브레이브스의 켐프가 투런 홈런으로 두 점을 쫓아갔지만 거기까지였다. 피네다에게 승리를 내주며 3패의 벼랑에 몰리는 브레이브스였다.

양키스 3승.

월드시리즈에서 3패.

3패 후에 4연승으로 기적의 역전승을 쓴 팀은 빅 리그 사상 찾아볼 수 없었다. 다만 일본에서는 두 번의 사례가 있었다. 이날 양키스 선수들은 맥주와 샴페인을 마시며 절반의 우승 분위기를 즐겼다.

　그날 밤, 스니커와 헤밍톤 등의 코칭스태프가 회의실에 모였다. 궁지에 몰린 팀 분위기를 반등시키기 위한 묘안이 필요했다. 4차전 등판은 토모가 예정된 상황. 하지만 양키스의 선발은 오부치 다나카였다. 경미한 어깨 통증으로 로테이션이 밀린 다나카. 이제는 오히려 호재가 될 판이었으니 무게감에서 토모가 밀리는 분위기였다.

　"자칫 4연패로 물러나게 생겼어."

　스니커의 목소리는 무거웠다.

　"그러게 말입니다. 홈 게임을 내준 게 원인입니다."

　헤밍톤도 한숨을 쉬었다. 운비와 콜론이 호투한 두 세임. 그중 하나는 잡아야 했던 브레이브스였다.

　"언론들이 가을 야구 새가슴이라고 비아냥거린다지?"

　"그렇더군요."

　"까짓 비아냥이야 상관없지만……."

　스니커가 중얼거릴 때 전화가 울렸다. 스니커가 전화를 받았다.

"고려는 해보겠습니다만……."

스니커는 신중한 표정으로 전화를 끊었다.

"단장이군요?"

헤밍톤이 물었다.

"토모 컨디션은 어때?"

"……."

"좋지 않군?"

"몸살이 100% 나은 건 아닌 것 같습니다. 닥터들 말로는 90%는 된다지만 지금 상황에 비춰보면……."

"분위기에 휩쓸릴 우려가 높다?"

"더구나 양키스 선발이 다나카 아닙니까?"

"그가 토모의 우상이었나?"

"아니라고 할 수 없지요."

"헤밍톤."

"아까 황을 만났습니다."

"황?"

"감독님도 지금 황 때문에 빙빙 돌고 있는 것 아닙니까?"

헤밍톤이 돌직구를 던졌다.

"아는군."

"황이 말하더군요. 팀이 원한다면 내일 어느 때라도 투입 시켜도 좋다고."

"젠장… 그 친구… 사람 마음 아프게 만드는 재주도 있다니까."

"가장 아파할 사람은 스칼렛입니다만."

"그렇다고 봐야지."

"단장은 뭐랍니까?"

"자네 같으면 뭐라겠나? 월드시리즈가 해마다 올라갈 수 있는 게임도 아니고……."

"황을 쓰시죠."

"……."

"이미 지난번에도 4일 등판 선례가 있습니다. 3회 정도 지켜보고 아닌 것 같으면 벌 떼 작전으로라도 나가야죠."

"으음……."

"통보하시죠."

"헤밍톤."

"제가 통보하는 것보다는 나을 겁니다."

헤밍톤이 전화기를 내밀었다. 잠시 주저하던 스니커가 수화기를 집어 들었다.

"황!"

스니커의 목소리가 전화기를 건너갔다.

4차전.

양키스 구장의 팬들이 술렁거렸다. 브레이브스의 선발투수 때문이었다.

〈88 황운비〉

백넘버와 이름은 선명했다. 운비가 선발투수로 나온 것이다.

"황, 브레이브스의 운명을 짊어지고 4차전을 맞이합니다."

불펜 연습을 지켜보는 리사의 목소리가 떨었다. 함께 취재하던 차혁래도 가슴이 뭉클했다. 올 시즌, 분투한 브레이브스. 그들이 만든 작은 기적. 그러나 그 기적은 이제 백척간두 위에 있었다. 네 게임 중에 한 번만 내줘도 반지를 낄 수 없는 것이다.

"황, 각오 한마디 해주세요."

불펜을 나오는 운비에게 리사의 마이크가 넘어갔다.

"지켜봐 주세요. 우리는 기적을 쓸 겁니다. 올해, 여기까지 온 것도 기적이라고 하지 않았습니까?"

운비의 말은 윌리 윤을 통해 유려하게 옮겨졌다.

"그건 물론이죠."

"그 마지막 기적은 이제부터 시작입니다!"

운비는 그 말을 끝으로 더그아웃으로 향했다.

"봤어요?"

차혁래가 리사를 보며 물었다.

"뭘요?"

"황의 눈… 마치 이순신 장군이 마지막 해전에 출정하는 눈빛이에요."

"이순신 장군?"

"코리아의 역사에 그런 분이 있어요."

"그분이 어쨌는데요?"

"퍼펙트하게 불리한 전투를 앞두고 이렇게 말했지요. 신에게는 아직 12척의 배가 남아 있습니다. 조선 킹에게 그 말을 남긴 그는 결사항전의 결의로 출격해 엄청난 숫자의 왜적들을 개박살 내버렸지요."

"차……."

"나는 저놈 압니다. 오늘은 무조건 황이 이겨요."

차혁래는 뜨거워진 눈시울을 감추기 위해 고개를 돌렸다.

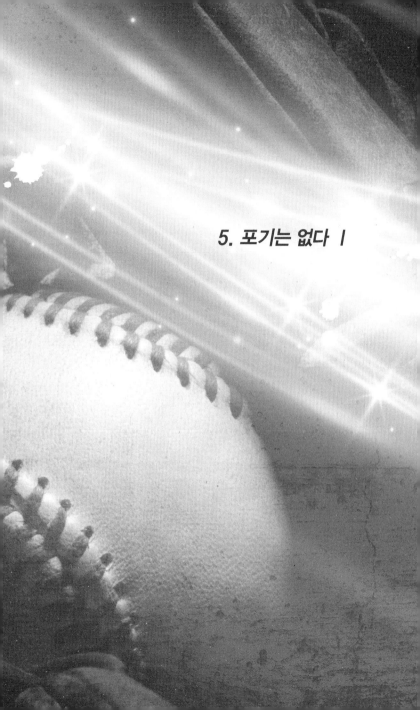

5. 포기는 없다 I

황운비 VS 다나카.

정규 시즌 성적이나 포스트 시즌 성적은 운비가 한발 앞서고 있었다. 하지만 이제 선발투수의 기록이 중요한 때가 아니었다. 기록이 승을 가져다주는 건 아니므로.

"운비야, 한 방 먹여줘."

스탠드의 세형이 손나팔로 악을 썼다. 오늘 지면 그들도 한국으로 돌아간다. 박 감독은 가볍게 손만 들어 보였다. 손짓 한 번이지만 뜨거운 격려가 담겨 있었다.

'스칼렛……'

시선을 돌려 스칼렛을 보았다. 그는 커다란 콜라 잔을 들어 보였다. 이른 아침, 그는 헐렁한 멜빵바지 차림으로 운비의 숙소를 찾아왔었다.

"등판이라고?"

"예……."

"황이 자청한 거겠지?"

"예."

"개인적으로는 이 등판을 반대한다."

"……."

"웬 줄 알겠지? 황은 올해만 뜨거워지고 말면 안 될 위대한 투수니까."

"스칼렛……."

"알고 있네… 자네 마음에 들어 있는 팀 케미스트리. 그것 또한 내가 자네를 선택한 스카웃 요소 중의 하나였지. 팀을 위하는 마음……."

"그럼 웃으면서 격려해 주셔야죠."

"이렇게 말인가?"

스칼렛이 웃었다.

"고맙습니다."

"황이 내린 결정이니 존중하겠네. 최선을 다하게. 하지만 무리하지는 말게나."

"명심하죠."

스탠드의 스칼렛 표정은 아까 보았던 것과 똑같았다.

최선을 다하게. 하지만 무리하지는 말게.

그가 무엇을 우려하는지 운비는 알고 있었다.

부상으로 불리는 Dead arm.

팔꿈치, 어깨, 허리, 무릎, 등, 복근.

한 해 동안 무리한 선수가 그 이듬해 치명적으로 만나게 되는 부상의 확률. 그건 메이저리그의 데이터로도 입증이 되고 있었다. 그렇게 투수의 길을 접은 사람이 한둘이 아니었다. 그렇기에 스칼렛은 운비의 무리를 염려할 수밖에 없었다.

'괜찮아요. 저는 고무 팔이거든요. 게다가 저는……'

기적의 30% 체력 회복율이 있거든요.

누구도 모르는 운비의 비밀, 그 비밀의 신뢰를 안고 운비는 더그아웃으로 향했다. 오늘은 이긴다. 오직 직진뿐이었다.

그러나 다나카, 상대라고 놀고 있는 건 아니었다. 이쪽이 간절하면 저쪽도 마찬가지다. 특히 수준이 높은 경우에는 예외가 없었다. 토모가 주 무기로 삼는 슬라이더가 기막히게 꽂혔다. 간간히 날리는 컷 패스트 볼도 시즌보다 위력적이었다. 제구가 뒷받침되는 까닭이었다.

4차전 선발투수. 그러나 그의 컨디션은 앞서 나온 그 어떤 투수에게도 뒤지지 않았다.

쾅!

스트럭아웃!

쾅!

스트럭아웃!

쾅!

스트럭아웃!

1회 초, 브레이브스 타자들은 믿기지 않게도 삼연속 삼진을 먹었다. 믿기지 않게 리베라 또한 삼구 삼진이었다.

'뭐야?'

커브에 당한 리베라의 눈빛이었다. 전성기에 비해 힘이 빠졌다는 평가는 받는 다나카. 그러나 이날만은 결코 그렇지 않았다.

5회 초, 브레이브스의 공격이 끝날 때까지 다나카는 단 한 명의 진루도 허용하지 않았다. 퍼펙트한 투구였다.

운비 역시 5회 말까지 역투로 맞섰다. 1, 2회 약간의 피로감이 오면서 선두 타자를 내보냈지만 산발 3안타 무실점으로 막아냈다. 게임은 완전한 투수전으로 이어지고 있었다.

6회가 지나고 7회 초, 브레이브스의 타석에 켐프가 들어섰다. 아웃 카운트는 투아웃. 이때까지도 브레이브스는 퍼펙트 게임에 몰려 있었다.

다나카의 구위는 식지도 않았다. 컷 패스트 볼로 초구 스트라이크를 꽂더니 2구는 슬라이더로 파울을 유도했다. 이전의 두 타석에서 모두 삼진으로 물러난 켐프, 다시 투낫씽에 몰렸다. 아무래도 불리한 상황이었다.

이어 들어온 포심은 파울로 잘라냈다. 배트 끝에 간신히 맞은 행운의 타격이었다. 4구는 바깥쪽으로 달아나는 체인지업 하나. 볼카운트는 1—2로 여전히 다나카에게 유리했다.

켐프는 잠시 타석을 벗어나 가벼운 스윙으로 타격 메커니즘을 재조율했다.

'슬라이더.'

그가 노리는 공이었다. 조금 전에 들어온 슬라이더는 타이밍이 빨랐다. 큰 건 바라지 않았다. 무엇보다도 퍼펙트의 사슬에서 벗어나야 했다. 더구나 켐프는 팀의 중심이자 베테랑. 앞선 두 타석의 삼진은 치욕이나 다를 바 없었다.

가볍게 긴장하는 순간, 다나카의 위닝샷이 들어왔다. 오늘 기막힌 각을 이루는 그 슬라이더였다.

'삼세번은……'

끝까지 참은 켐프의 배트가 스위트 스폿에서 벼락처럼 돌았다. 방망이 끝에서 딱 17㎝ 거리. 스윙은 가볍고, 빨랐다.

짝!

켐프는 무의식적으로 공의 궤적을 바라보았다. 최적의 타격 메커니즘으로 받아친 타격. 멀리 갈 것 같지 않았던 공은 외

야를 향해 날고 있었다. 공을 향해 질주하는 엘스버리가 보였
다. 하지만 그는 도중에 추격을 포기했다. 새가 아니고는 잡
을 수 없는 공이었다.

홈런!

길고 긴 0의 행렬에 마침표를 찍는 홈런이었다. 퍼펙트의
수모를 한 방에 날리는 홈런이었다.

"와아아!"

관중들의 환호를 듣고서야 켐프는 그라운드를 돌기 시작했
다.

"와아아!"

환호가 베이스를 따라왔다. 2루를 돌고 3루를 돌고 홈 플
레이트를 밟고서야 실감이 났다.

"켐프!"

리베라가 뛰어나와 펄쩍 뛰었다. 켐프도 펄쩍 뛰어 공중 배
치기로 세리머니를 즐겼다.

"황!"

켐프가 먼저 찾아간 건 운비였다.

"미안해. 이제야 안타 하나를 쳤어."

"하지만 그 하나가 홈런이죠."

"미안해. 서너 점은 뽑아줬어야 하는 건데……."

"저는 한 점이면 충분합니다."

운비가 주먹을 내밀었다. 켐프가 주먹을 맞댔다. 가벼운 충돌이지만 뜨거운 정이 통했다.

1점.

그랬다. 운비에게는 1점이면 충분했다.

다나카는 거기서 강판되었다. 하지만 운비는 9회 말에도 마운드를 밟았다. 8회까지 98개. 여력도 있었고 고집도 있었다. 불펜의 존슨도 운비를 믿었다. 오늘만은, 운비가 마무리를 하는 게 좋을 것 같았다.

쾅!

선두 타자로 나온 엘스버리를 삼진으로 잡았다.

짝!

다음 타자 카스트로는 2루수 플라이로 끝냈다.

투아웃.

대반격의 서막을 여는데 아웃 카운트 하나가 남았다. 그때 들어선 게 멕케니였다. 오늘도 운비에게 2루타 하나를 뺏은 천적 맥케니. 하지만 운비는 그가 천적의 이름으로 남기를 원하지 않았다.

마지막 저격.

그건 내일을 위해서도 필요했다.

더 먼 내일을 위해서도 꼭 필요했다.

빽!

초구는 포심이 들어갔다. RPM은 2,780이었다.

2구 역시 포심을 꽂았다. RPM은 2,100이었다.

"삼진, 삼진!"

"홈런, 홈런!"

두 팀의 팬들이 서로 다른 함성으로 맞섰다.

삼구 삼진.

무리는 하고 싶지 않았다. 운비는 플라워스의 사인을 기다렸다.

'체인지업 하나?'

'그건 너무 뻔한데요?'

'그럼 커터?'

'색다르게 커브 한 방 어때요?'

'흐음, 독특하군. 굳 아이디어.'

플라워스가 동의했다. 커브가 들어갔다. 멕케니가 어정쩡하게 커트를 해냈다.

4구.

잠시 로진백을 집어 들었다. 순간, 어깨에 짜릿한 전류가 흘러갔다.

"……"

어깨.

신경이 쓰였다. 수호령 때문이었다. 오늘도 수호령은 어깨

위에 머물다 사라졌다. 하지만 그렇게 아프거나 하지는 않았다. 수호령이 피로를 가져간 건가? 운비는 좋은 쪽으로 생각했다.

'커터!'

위닝샷은 커터로 정했다. 이번 타석에서 한 번도 던지지 않은 커터. 잘하면 이 게임에 종지부를 찍는 마지막 공이 될 수도 있었다.

"와아아!"

"와아아!"

팬들은 미친 듯이 달아올랐다. 어쩌면 양쪽 팬들은 둘 다 운비의 편이었다. 브레이브스는 대반격을 위해 운비가 이기길 바랐고, 양키스 팬은 가진 자의 여유로 운비의 승을 반대하지 않았다. 오늘 진다고 해도 3승 1패. 그들은 그저 월드시리즈 경기를 한두 번쯤 더 즐기겠다는 여유의 일환이었다.

그래요.

그 여유.

즐기세요.

아차 싶은 그 순간까지.

"와아앗!"

기합과 함께 운비의 커터가 손을 떠났다.

부웅!

맥케니의 배트도 시원하게 돌았다.

짝!

타격음과 함께 배트는 반으로 갈라졌다. 배팅 포인트를 잘못 잡은 것. 베스트 스터프로 날아온 운비의 커터는 RPM이 무려 2,700이었다. 그렇기에 맥케니는 포심으로 착각할 수밖에 없었다. 1, 2구로 들어간 포심의 영향이었다.

공과 배트는 앞서거니 뒤서거니 하며 운비 앞으로 굴러왔다. 운비는 공을 잡고 맥케니를 바라보았다. 1루로 달리는 맥케니의 눈빛이 썩어가고 있었다. 느긋하게 공을 던져 마지막 아웃 카운트를 잡았다. 마침내 반격의 실마리를 푸는 브레이브스였다. 그 히어로는 황운비였다.

"와아아!"

브레이브스 전사들이 더그아웃에서 쏟아져 나왔다. 벼랑 끝에서 올린 1승. 그건 그 어떤 승보다도 달콤한 열매였다. 그들은 운비를 중심으로 모여 감격을 공유했다.

단 한 점.

그 이전에 지리멸렬했던 퍼펙트의 수모. 하지만 결과는 승이었다. 브레이브스의 젊은 심장에는 1이라는 숫자가 중요했다. 1은 시작의 숫자. 그들은 이제부터 시작이었다. 희망의 불은 아직 꺼지지 않은 것이다.

*   *   *

<브레이브스 3패 뒤에 희망의 1승>

<황운비, 에이스의 근성을 보이다>

<브레이브스 영건 황, 4차전 완투, 완봉승>

　3패 뒤의 1승. 그러나 언론과 야구 전문가들은 여전히 양키스의 우승을 의심하지 않았다. 그 어떤 전문가도 4승 2패 이상의 예상을 내지 않았다. 예상대로라면 브레이브스가 올릴 수 있는 승수는 1승 추가에 그칠 일이었다.

　선례가 그랬다. 3패 뒤에 4승을 올리며 월드시리즈를 가져간 팀이 없었던 것이다. 브레이브스가 우승하려면 3연승이 필요했다. 이미 기세를 올린 양키스가 만만하게 당할 리 없으니 그건 정말 기적 중의 기적이 될 일이었다.

　"운비야!"

　클럽하우스를 나와 작은 음식점에 들렀다. 미리 기다리던 세형이 반색을 했다.

　"이리, 이리 와서 앉아."

　세형은 의자까지 끌어다 주었다.

　"오래 기다리셨죠?"

　운비가 박 감독과 철웅에게 인사를 했다. 차혁래도 동석한 자리였다.

"우리야 무슨 상관이냐? 하루 종일도 기다릴 수 있다."

박 감독이 웃었다.

"식사는? 뭐 좀 시킬까?"

차혁래가 운비를 바라보았다.

"뭐 여기 많은데요. 저는 그냥 콜라나……."

운비가 의자를 당겨 자리를 잡았다.

"오늘 진짜 대단했다. 너 아니면 잡을 수 없는 경기였어."

차혁래가 다가와 앉으며 말문을 열었다.

"맞아. 한 점짜리 승부라니… 게다가 다나카 그 인간, 오늘 개 발에 땀 났나? 맨날 개죽 쑤더니 오늘은 왜 그렇게 잘 던진 대?"

철웅도 할 말이 많은 눈치였다.

"그래도 우리 운비에게는 안 되지."

세형은 운비의 어깨를 끼며 애정을 과시했다.

"다 여러분 덕분이에요. 시합 전에 보내준 기를 팍팍 받았 거든요."

"진짜?"

세형이 오버액션으로 화답했다.

"그래. 덕분에 펄펄 날았다."

"으아, 난 또 내가 가져온 자갈에 부정이 탔나 해서 걱정했는데……."

"자갈에 부정이 타다니?"

"이 자식, 오줌 싸고 손도 안 씻은 채 자갈을 골랐다지 뭐냐? 목욕재계를 하고 골랐어도 부족할 판에……."

철욱이 세형을 쥐어박았다.

"아, 형은 진짜… 대한민국 남자가 다 그렇지 오줌 쌀 때마다 손 씻는 인간 있으면 나와보라고 그래."

"얌마, 그래도 의미가 다르잖아?"

"뭐 그건 미안하긴 하지만……."

"아니야. 그나마 네 덕분에 1승 올린 거야. 자갈 삼겹살 스태미나 아니었으면 어림도 없지."

운비는 세형이 편을 들었다.

"그렇지? 그렇지? 으아, 역쉬 운비는 내 편이라니까."

세형은 운비를 안으며 고마움을 표했다.

"어깨는 어때? 리사도 네 어깨 걱정을 하던데?"

차혁래가 물었다.

"조금 무겁기는 하지만 괜찮습니다."

"그래? 시합 전에 어깨를 의식하길래 무리하는 건 아닌가 싶어서……."

"그걸 봤어요?"

"당연하지. 너 가끔 그러잖아?"

"······!"

운비는 말문이 막혔다. 수호령 때문에 의식하던 어깨. 그걸 차혁래 기자가 보고 있었다니······.

"아무튼 네 덕에 리사 콧대 꺾었다. 오늘 내 예상이 귀신처럼 맞았거든."

"오늘보다 앞으로의 예상이 중요해요."

"앞으로?"

"네, 어떻게 보세요?"

"······!"

'누가 월드시리즈 제패할 거 같냐고요?'

운비의 눈이 재촉하자 차혁래가 입을 다물었다. 3승 1패. 양키스는 지금 최상의 전력을 가동 중. 아무리 친하다지만 입에 발린 말로 위로하기는 무리가 있었다.

"아, 진짜··· 다들 왜 그래요? 당연히 브레이브스가 4승 3패로 대역전하는 거지."

세형이 버럭 소리쳤다.

"······!"

그래도 세 사람은 여전히 신중했다.

"좋네요."

운비가 웃었다.

"좋다고?"

철욱이 돌아보았다.

"모두들 불가능하다고 생각하잖아요? 그러니 도전할 맛이 팍팍 생깁니다. 어차피 우리 브레이브스의 장점은 도전이거든요. 안 그래요?"

"허헛, 짜식 저 배포하곤……."

박 감독이 웃었다.

"맞습니다. 우리 운비, 배포 빼면 뭐가 남겠습니까? 솔직히 브레이브스가 불리한 건 사실이지만 저 배포가 팀 분위기랑 어울리면 못 할 것도 없죠. 나는 내일 5차전에서 브레이브스가 이기면 브레이브스 대역전승에 한 표 건다."

"나도요!"

"내 생각도 그렇다."

세형에 이어 박 감독도 동감을 표했다.

만남은 오래 가지 않았다. 내일 운비가 등판할 건 아니지만 팀 분위기가 있었다. 그나마 스니커의 허락이 있어 잠깐 나왔지만 팀이 우선인 운비였다.

숙소인 호텔로 돌아왔다. 복도에서 보니 토모의 방에서 불빛이 나왔다.

'아직 안 자나?'

내일 등판은 토모 차례. 가만히 문에 귀를 기울였다.

"……?"

안에서 무슨 소리가 들렸다. 호기심에 문고리를 만지니 문이 열렸다. 문은 잠겨 있지 않았다.

"……!"

안의 풍경을 본 운비가 소스라쳤다. 토모는 좌정하고 있었다. 상체를 벗고 가부좌를 튼 모습. 그는 바닥에 촛불을 켜둔 채 뭔가를 중얼거리고 있었다. 가만히 문을 닫아주었다. 무엇을 하는지 알 수 있었다. 같은 동양 핏줄인 토모. 그는 마인드 컨트롤 의식으로 자신을 강화하고 있었다. 이유는 단 하나. 브레이브스 선수들이 한마음으로 원하는 그것.

승리!

다음 날, 토모가 글러브를 챙겨들고 운비를 불렀다.

"황."

"왜요? 형."

"기도해 줘. 나도 어제의 너처럼 던질 수 있게."

"당연하죠. 형은 잘할 수 있어요."

"땡큐!"

소박하게 웃은 토모가 마운드를 향해 걸었다. 어젯밤에 본 그 눈빛 그대로였다.

It ain't over till it's over.

끝날 때까지 끝난 게 아니야.

운비가 혼자 중얼거렸다.

*　　　　　*　　　　　*

토모 VS 사바시아.

선발의 무게는 양키스가 한발 앞섰다. 이미 월드시리즈 1승
을 기록한 사바시아였다. 오늘로 시리즈를 끝내라는 특명을
안고 나왔기에 그 또한 펄펄 날았다. 브레이브스는 컨디션이
좋지 않은 프리먼을 빼고 필립스를 선발로 넣었지만 그 또한
큰 효과는 없었다.

토모는 사바시아에게 밀렸다.

전의.

그리고 결의.

그것만으로 세상이 뒤집힌다면 얼마나 좋을까? 안타깝게도
토모는 1회를 제외하고 2, 3, 4회 연속 득점을 허용했다. 2회
에는 선두 타자로 나온 할러데이에게 한 방을 맞았고, 3회에
는 카스트로의 안타에 이어 맥케니의 우중월 3루타로 타점을
내주었다.

4회는 다이런 저지의 회였다. 토모의 세로 투심 초구를 노
려 관중석 상단에 떨어지는 초대형 홈런을 터뜨린 것이다.

3 대 0.

한 점이 세 번 쌓이니 세 점을 한 회에 허용한 것보다 멀어 보였다. 하지만 토모의 분전은 끝내 브레이브스의 심장을 깨웠다. 할러데이에게 볼넷을 내준 후였다. 엘스버리가 친 투수 정면 타구에 허벅지를 맞은 것.

"우!"

양키스 중계진조차 신음을 터뜨릴 정도로 강력한 타구였다. 토모는 한 바퀴를 구른 후에 떨어진 공을 잡았다. 그런 다음, 타자를 아웃시키고서야 다시 그라운드에 쓰러졌다.

쓰리아웃!

4회는 끝났지만 토모 역시 들것에 실려 나오게 되었다.

"황!"

토모가 들것 위에서 손을 내밀었다.

"형…"

"미안… 최선을 다했지만……."

"괜찮아요. 아직 4회인걸요."

"의무실에 가서 기도할게. 내가 할 게 그것밖에 없네."

토모가 창백하게 웃었다.

"형……."

토모는 그렇게 멀어졌다.

5회 초.

선두 타자는 리베라였다. 리베라는 평소보다 조금 무거운 배트를 집어 들었다.

"황!"

그도 운비를 불렀다.

"왜?"

"나 솔직히 고백하는데 올해 신인왕은 너 가져라."

"그게 리베라 마음대로 되냐?"

"응."

"……."

"대신 오늘의 선수는 내 거다. 인젤라가 지켜보는데 확실한 거라도 한 건 올려야 하지 않겠어?"

"제발 좀 그래다오."

운비의 말을 뒤로하며 리베라가 타석에 섰다. 앞선 타석에서 중견수 플라이로 분루를 삼켰던 리베라. 이번에는 사바시아와 무려 10구까지 가는 대결을 펼쳤다. 그러고는 기어이 볼넷을 얻어 출루했다. 베이스로 가는 내내 리베라는 불만을 터뜨렸다. 진루가 아니라 장타를 바랐던 리베라였다.

그런데 그건 아쉬워할 게 아니었다. 사바시아의 진을 뺀 효과가 줄줄이 이어진 것이다. 사바시아는 스완슨에게도 볼넷을 허용하고 말았다. 이어진 프리먼 대신 들어온 필립스의 타석에서는 빗맞은 공이 유격수와 중견수, 좌익수 사이의 골든 존에 떨어졌다.

노아웃 만루.

절호의 찬스를 잡은 브레이브스였다.

타석에 켐프가 들어섰다. 어제 결승 홈런을 친 켐프. 볼카운트 투낫씽의 불리한 조건을 선구안으로 골라내 2—2로 맞추었다. 그리고, 위닝샷으로 들어온 슬라이더에 배트가 돌았다.

짝!

"아아아!"

양키스 중계석에서 탄성이 새어나왔다. 공은 우익수 뒤쪽으로 쭉 뻗어갔다. 저지가 손을 내밀지만 살짝 오버하는 타구였다. 펜스 플레이를 잘못한 저지가 공을 더듬는 사이에 1루 주자도 3루를 돌았다. 공은 홈으로 중계되었다. 켐프는 그 틈에 3루를 파고들었다.

"와아아!"

브레이브스 스탠드가 들썩거렸다. 단숨에 3득점. 바로 동점 평형을 맞추는 브레이브스였다. 양키스 감독이 마운드로 나와 사바시아를 진정시켰다.

"침착하게."

사바시아는 고개를 끄덕거렸다.

노아웃 3루.

플라워스가 포수 파울플라이로 돌아섰지만 아직 알비에스가 있었다. 다부지게 타격 자세를 취한 알비에스, 사바시아의

2구를 노려 좌익수를 오버하는 2루타를 만들어냈다.

"와아아!"

브레이브스 팬들이 끓어올랐다. 2루 베이스를 점령한 알비에스는 두 팔을 뻗으며 환호했다. 시원한 한 방이었다.

스코어 4 대 3.

전세가 뒤집히자 다시 지라디 감독이 나왔다. 사바시아의 강판이었다. 이후 바뀐 투수에게 안타를 뽑아 5 대 3으로 천세를 역전한 브레이브스. 블레어와 딕키, 카브레라에 크롤까지 불펜을 풀가동하며 양키스의 공세를 막아냈다. 8회가 될 때까지 스코어는 6 대 4. 한 점씩을 주고받았지만 여전히 브레이브스의 리드였다.

9회 초.

마지막 공격에서 리베라의 공격이 빛났다. 1루에 인시아테를 두고 쐐기 투런 포를 작렬시킨 것이다. 배트의 스윙이 스위트 스폿에서 이루어진 것. 맞는 순간 홈런을 예상할 정도의 정타였다.

"황!"

홈 플레이트를 밟고 온 리베라가 껑충 뛰어올랐다. 운비 역시 껑충 뛰어 세리머니를 합작했다. 이 장면은 두고두고 화면으로 반복되었다.

9회 말, 마지막 클로저로 마운드에 오른 존슨은 언터처블이었다. 오늘따라 그의 싱커는 예술이었다.

뻑!

뻑!

던지는 공마다 기막힌 궤적을 보였다. 두 타자를 연속 삼진으로 돌리고 마지막 타자를 맞았다. 타자가 친 공은 포수 앞에 떨어졌다. 플라워스가 잡아 1루에 던져 게임을 마무리했다.

순간 더그아웃의 스니커가 주먹으로 허공을 후려쳤다. 3패 뒤의 2승. 이제 하루 쉬고 브레이브스 홈구장에서 2연전을 벌이게 되었다. 게다가 양키스는 원투펀치로 불리는 다나카와 사바시아를 소진한 상황. 하지만 브레이브스는 테헤란이 건재한 상태였다. 그가, 6차전을 잡아준다면……

황운비!

짜릿한 이름이 스니커의 등골을 스쳐갔다. 다시 운비가 등판할 수 있었다. 오늘, 내일, 모레를 쉬니 4일차 등판이 가능한 것이다.

'오케이.'

스니커의 눈에 불길이 타올랐다. 지옥의 강을 건넜다. 이제는 브레이브스가 불리한 것도 없는 상황이었다.

"토모."

"토모!"

홈구장으로 돌아가는 전용기, 브레이브스 선수들은 너나할 것 없이 토모를 챙겼다. 그 일은 켐프와 필립스 등의 리더들이 나서 솔선수범을 했다.

　"먹어봐라. 뉴욕 최고의 일식집에서 사온 초밥이야. 이게 정통 일본식이라고 하더라고."

　필립스가 내민 건 때깔 고운 참치 초밥 세트였다.

　"이야, 고급 참치 부위가 많은데요? 가마살에 대뱃살에……."

　좌석의 토모가 반색을 했다. 그의 부상은 다행히 심한 편이 아니었다.

　"업!"

　대뱃살 초밥을 입에 넣은 토모의 얼굴이 홍당무로 변했다.

　"왜?"

　"크업, 와사비 만땅이잖아요?"

　토모의 얼굴에서 눈물이 쏟아졌다.

　"하핫, 그게 그쪽 주방장 말이 초밥 맛 좀 아는 사람이라면 많이 넣어야 한다고 해서……."

　"그래도 그렇지 이건 아주 테러 수준……."

　"어이, 황. 토모가 외로운 모양인데 같이 좀 먹어주지?"

　"흐음, 그럴까요? 까짓것 좀 매워봤자……."

　운비가 호기롭게 하나를 입에 물었다. 그러자 코와 귀로 폭풍이 밀려 나갔다. 초밥이 아니라 와사비 밥이라야 옳을 정도였다.

"크하핫!"

선수들이 배를 잡고 웃었다.

"그래도 황뿔이라니까."

토모가 엄지를 세워 보였다.

"맞아. 나도 토모 편이지만 저 초밥은 시도도 못 하겠는걸. 하지만 이걸 먹어야 할 사람은 또 있지."

노장 콜론이 초밥을 집어 들었다.

누구?

선수들이 궁금해하는 콜론의 선택은 스니커였다.

"웁쓰!"

스니커 역시 눈, 코, 입, 귀가 뻥뻥 뚫리는 매운맛을 보았다.

"막힌데 쫙 뚫으시고 6차전 구상하시라고요."

"와하하핫!"

콜론의 너스레에 선수단은 또 한 번 배를 잡았다. 브레이브스의 사기는 하늘을 찔렀다. 팀 케미스트리 또한 최상으로 올라 있었다.

"자자, 내가 이 높은 곳에서 딱 한마디만 하겠는데……."

팀 분위기를 중시하는 필립스가 나섰다.

"딱 두 번만 양키스를 밟아주자. 어때?"

"와아아!"

"그리고 우리가 월드시리즈 먹는 거다."

"와아아!"

선수들은 터질듯한 환호로 화답했다. 그들의 함성은 비행기의 굉음보다 높게 구름 사이로 번져갔다.

6. 포기는 없다 II

공항에는 굉장한 인파가 나와 있었다. 지역 언론도 있고 지역사회 명사들도 많았다. 물론 가장 많은 건 팬들이었다.

만약.

5차전을 내줬다면, 분위기는 달랐을 것이다. 3승 2패라지만 아직 우승 가능성이 있는 상황. 그렇기에 팬들은 성원을 내려놓지 않았다.

"황, 6차전도 던져주세요."

"황, 부탁해요."

꼬마들이 나서 운비를 응원했다. 운비는 꼬마들이 내미는 모자와 야구공에 정성껏 사인을 해주었다. 몇몇 가족과는 기념사진 촬영도 했다.

"황운비, 황운비!"

팬들은 운비에게 따뜻한 응원을 보내주었다.

돌아오는 길, 헤밍톤이 운비 차에 동승을 했다. 운전은 통역 윌리 윤이 맡았다.

"나 사실 차비는 없다네."

운비 옆에 앉은 헤밍톤이 웃었다.

"그럼 무슨 배짱으로 타셨죠?"

운비가 말꼬리를 물었다.

"실은 스니커의 특명을 받고 왔지."

"감독님요?"

운비가 파뜩 고개를 돌렸다.

"그 전에 먼저 미안……."

"코치님……."

"혹시 스칼렛이 묻거든 이번에도 자네가 먼저 고집을 부렸다고 좀 부탁해."

"7차전이군요?"

"괜찮겠나? 순전히 자네에게 결정에 맡기라고 하셨네. 컨디션이 안 좋으면 당연히 거절해도 되네. 자네의 권리이기도 하고."

"저는 코칭스태프 희망대로 갑니다."

"그건 안 돼. 그럼 내일도 던지고 모레도 던져야 하거든."

"하긴 그렇게 되면 테헤란의 샤이닝 보너스 침범이군요."

"응? 그게 또 그렇게 되나?"

"고맙습니다."

"뭐가?"

"7차전… 꼭 던지고 싶었거든요."

"그야 내가 할 말이지. 차도 공짜로 태워줘, 혹사시켜도 두 말없이 따라줘……."

"그 말은 우승한 후에나 하시죠."

"나도 그러길 바라네. 우승한 후에 내 원망 실컷 하게나."

헤밍톤이 운비를 바라보았다. 신뢰가 가득 담긴 눈빛이었다.

*　　　*　　　*

6자전의 아침.

빗방울이 떨어졌다. 예보에 없던 비였다. 밖으로 나와 보니 경기에 영향을 미칠 정도는 아니었다. 운비는 그 자신이 등판 하는 날처럼 움직였다.

"운비야!"

몸 풀 시간이 되자 통역 윌리 윤이 도착했다. 그 차를 타고 연습장으로 나갔다. 투수조는 이미 다 모여 있었다. 콜론이

계절 과일을 안고 나와 하나씩 던져주었다.

"비타민이 기분 전환에 좋단다. 인시아테의 리크만 믿지 말고 하나씩 먹어둬라. 대신 꼭꼭 씹어서."

운비에게는 두 개가 던져졌다. 내일 몫까지 준 건지도 몰랐다.

"헤이, 피처스!"

오래지 않아 헤밍톤이 도착했다. 스니커도 단장과 함께 그 뒤를 이었다.

"어이, 다들 뭐 필요한 거 없어?"

단장 하트가 소리 높여 물었다.

"뭐든지 됩니까?"

콜린이 응수했다.

"당연하지. 코끼리 뒷다리 바비큐가 필요하다고 해도 문제없다네."

"그럼 싱글들에게 미녀가 필요합니다만."

콜론이 걸쭉한 입담으로 받았다.

"오케이. 내가 당장 할리우드로 달려가서 미녀를 공수해 오지. 다들 원하는 스타일을 말해보라고. 나탈리 포스만, 엠마 스톤, 크리스틴 스튜어트……."

"어어, 그럼 기혼자는 안 되는 겁니까?"

결혼한 딕키가 나섰다.

"뭐 와이프의 동의서를 받아온다면 가능하지. 미녀에게 절대 손대지 않겠다는……."

"손 말고 다른 건 대도 되는 겁니까?"

딕키의 반격에 투수들은 또 한 번 걸쭉하게 웃고 말았다.

"좋았어. 이 분위기 이대로 밀고 나가자고. 테헤란, 컨디션 어때?"

"좋습니다!"

오늘의 주인공 테헤란이 공을 들어 보였다.

"까짓 양키스 놈들 별거 아니라고. 지라디의 예상은 이미 깨진 거 알지? 우리 안방에서 화끈하게 끝내주자고."

"그렇죠. 단장님은 배당금 담아줄 가방이나 마련하십시오."

콜론이 나서 대화를 마무리했다.

테헤란이 등판 루틴에 돌입했다. 운비와 블레어, 카브레라가 보조를 맞췄다.

"이야, 든든한데?"

테헤란이 웃었다.

"그러니까 아무 걱정 말고 던져요."

운비가 소리쳤다.

불펜 투구가 끝나자 리사가 보였다. 그녀는 운비에게 눈인사를 하고 테헤란과의 인터뷰를 시작했다.

"6차전입니다. 오늘 이기면 동률이 되는데 각오 한 말씀 부탁드리겠습니다."

리사의 질문은 긍정으로 시작되었다. 지면 끝인데라는 말을 빼버린 것.

"무조건 이깁니다."

테헤란이 강력한 결의를 내비쳤다.

"오늘 이기면 내일은 황이 출격한다고 들었습니다. 기대가 되는데요?"

"우리 팀은 언제나 함께 출격합니다. 오늘도 그렇고 내일도 그렇고… 지난 경기에도 그랬습니다."

"브레이브스 팀 케미스트리는 아름답군요. 팬들의 성원을 위해 오늘 꼭 좋은 결과 만들어주시기 바랍니다."

"한마디 해드리죠. We will be the winner!"

테헤란이 주먹을 쥐어보였다.

"와아아!"

시구자가 등장하자 팬들이 환호를 했다. 오늘의 시구자는 어린 소년이었다. 얼마 전에 일어난 지역 화재에서 아빠를 잃고 구조된 아이. 그 아빠는 불길 속에 뛰어들어 창을 깨고 아이를 내밀었다. 불길이 그의 등에 지옥을 쏟아냈지만 아이 손을 놓지 않았다. 아이와 아빠는 브레이브스의 오랜 팬. 그렇기에 아이에게 시구를 맡겨 위로하려는 구단의 이벤트였다.

엄마 손을 잡고 나온 아이가 공을 던졌다. 공을 데굴데굴 굴러가다 멈췄다. 아이는 쪼르르 쫓아가 또 던졌다. 그렇게 해서야 공은 홈 플레이트 부근에 도착했다. 양키스의 가드너가 헛스윙으로 아이의 기분을 띄워주었다. 심판 역시 스피디한 콜로 분위기를 맞췄다.

"스뚜라익!"

아이가 테헤란의 볼에 키스를 하고 물러났다. 키스를 받은 테헤란의 볼이 살짝 상기되었다. 한 번에 안 되면 두 번에. 홈 플레이트에 닿지 않은 공을 다시 집어 던진 소년의 근성… 마음에 들었다. 어쩌면 브레이브스에게 요구되는 투혼인지도 몰랐다.

테헤란이 웃었다. 좋은 암시가 분명했다.

  *   *   *

양키스의 라인업은 꽤 변화가 있었다.

1번 타자: 메이슨 가드너(LF)
2번 타자: 이안 멕케니(3B)
3번 타자: 다이런 저지(RF)
4번 타자: 존 엘스버리(CF)
5번 타자: 조지 할러데이(1B)
6번 타자: 게리 산체스(C)

7번 타자: 다니엘 카스트로(2B)

8번 타자: 대니얼 그레고리우스(SS)

9번 타자: 비비 피네다(P)

멕케니를 2번으로 올리고 엘스버리를 4번에 박았다. 줄곧 앞쪽에 나오던 산체스가 6번으로 내려갔다. 차례는 바뀌었지만 가공스러움 자체는 변하지 않았다. 1, 2, 3번에서 출루만 하면 한 점 정도 불러들이는 건 일도 아닐 수 있었다.

1회는 삼자범퇴로 막았다. 하지만 2회, 테헤란은 위기에 몰리고 말았다. 원아웃 이후, 엘스버리에게 몸에 맞는 공을 허용한 것이다. 맞은 건지 스친 건지 애매했지만 주심은 히트 바이 피치드 볼(hit by pitched ball)을 선언했다.

이어 나온 할러데이가 먹힌 타구를 쳤지만 2루수 키를 넘어갔다. 알비에스의 수비 위치가 아쉬운 결과였다.

찜찜했다.

이럴 때는 꼭 좋지 않은 결과가 이어지는 법. 우려를 증명이라도 하듯 산체스의 타격이 가르시아의 다이빙 캐치를 빠져나가 버렸다. 그 또한 아슬아슬한 차이였다.

원아웃 만루.

스니커가 마운드로 올라가 테헤란을 안정시켰다.

"한두 점 줘도 괜찮아. 타자하고만 상대해."

더 특별한 말은 없었다. 테혜란은 고개를 끄덕였다.

타석에 카스트로가 들어섰다. 헤들리, 힉스와 함께 양키스의 부활에 한 축이 되었던 선수. 컵스에서 옮겨온 그는 약관의 나이에 최다 안타를 기록한 적이 있을 정도로 타격 재능이 뛰어난 선수였다. 이번 월드시리즈에서도 5차전까지 0.288의 준수한 AVG를 자랑한다. 그의 단점으로 꼽히던 욱하던 성질 머리도 많이 죽었다. 마인드 컨트롤을 하면서 성적까지 업시킨 카스트로. 하위 타선이지만 헐렁하게 볼 타자가 아니었다.

테혜란은 모자를 눌러썼다. 여기서 한 방 맞으면 힘들게 된다. 오늘 게임의 승패는 누가 기선 제압에 성공하느냐였다.

플라워스는 미트를 인코스 가슴 높이로 올렸다. 카스트로의 핫 존이었다. 그는 특히 이 존으로 들어오는 변화구에 약했다.

"마음 놓고 던져."

테혜란을 위해 카스트로를 자극하는 것도 서슴지 않았다. 사인을 받은 테혜란, 그 위치 가까이에 슬라이더를 꽂았다.

스윙!

카스트로의 배트가 헛돌았다.

"한 방 더!"

자극을 이어가면서 슬쩍 미트를 내리는 플라워스. 이번에는 인코스 낮은 공. 그 또한 카스트로의 패스트 볼 핫 존이었다.

"와앗!"

기합과 함께 테헤란의 포심이 날아갔다.

짝!

배트가 나왔지만 공은 라인 밖으로 한참 멀게 날아간 파울이었다.

"좋아, 좋아!"

볼카운트 투낫씽. 여기까지는 좋았다. 하지만 카스트로 역시 녹녹하게 당하지는 않았다. 마음에 들지 않는 공은 계속 잘라내면서 풀카운트까지 몰고 간 것이다.

'체인지업!'

플라워스에게서 회심의 사인이 나왔다. 그라운드 볼을 유도하려는 생각이었다.

짝!

그 공에 카스트로의 배트가 따라나왔다. 공은 1루 라인을 타고 흐르다 20㎝ 정도를 빗나갔다. 파울 라인 밖에서 공을 잡은 리베라가 테헤란 대신 안도의 숨을 쉬었다. 자칫하면 싹쓸이가 되었을 타구였다 .

9구!

플라워스는 또 한 번 체인지업을 원했다. 고개를 끄덕인 테헤란, 1루 주자를 바라보고는 퀵 모션으로 공을 뿌렸다.

짝!

이번 배팅 소리는 조금 더 크게 들렸다. 다시 리베라 쪽 플라이였다. 공이 중견수 쪽으로 살짝 치우쳐 있어 희생플라이를 내줘야 할 판. 그래도 리베라는 포기하지 않았다. 비스듬히 질주하면서 공을 잡았다. 3루의 엘스버리가 기다렸다는 듯이 홈을 파기 시작했다.

"와아앗!"

달리던 탄력을 이용한 리베라는 홈까지 들릴 정도의 기합과 함께 공을 뿌렸다. 모든 시선이 홈으로 쏠렸다. 엘스버리의 발이 홈 플레이트로 들어왔다. 플라워스의 글러브도 공을 잡아 방향을 틀었다.

"……."

잠시 침묵하던 심판이 주먹을 불끈 쥐며 외쳤다.

"아웃!"

"와아아!'

콜과 함께 브레이브스 더그아웃이 들끓었다. 브레이브스 홈 팬들도 기립하며 성원을 보냈다.

"슈퍼 디펜시브 세이브가 나왔습니다. 리베라, 다시 한번 강철 어깨를 보여줍니다."

"아아, 이건 정말 환상이군요. 저 거리에서 다이렉트 송구라니요."

"테헤란, 수비의 도움을 안고 절체절명의 위기를 벗어납니다. 원아웃 만루를 쓰리아웃으로 바꾸어 버립니다."

중계석도 흥분하기는 홈 팬들과 다르지 않았다.

"나이스 가이!"

"그레이트!"

리베라가 들어오자 선수들이 단체 린치에 들어갔다. 운비역시 그 린치에 가담했다. 때리는 사람도 맞는 사람도 행복한 린치였다.

지옥에서 벗어난 브레이브스, 2회 말에 반격에 나섰다. 그 선봉장은 다시 4번으로 돌아온 프리먼이었다. 볼카운트 1─1에서 커터가 들어왔다. 변화각을 기다린 프리먼은 볼을 최대한 몸에 붙인 후에 벼락처럼 배트를 돌렸다. 타격의 로망으로 불리는 스위트 스폿이었다.

짝!

쭉 뻗어간 공이 엘스버리를 넘어갔다. 공은 펜스를 맡고 그라운드에 떨어졌다. 펜스 플레이가 기가 막혔지만 프리먼은 2루에서 살았다. 그는 포효하며 기개를 뿜었다. 하지만 켐프의 잘 맞은 타구가 멕케니의 호수비에 막히며 분위기가 끊겼다. 프리먼은 재빨리 귀루해 병살을 면했다.

원아웃 2루.

이어 나온 플라워스의 타격도 좋았지만 공이 뻗지 못했다. 그 공은 저지가 잡았다. 그사이에 프리먼은 3루를 파고 들어갔다.

투아웃 3루.

거기서 스니커가 용단을 내렸다. 알비에스를 빼고 대타를
투입한 것.

"대타 닉 필립스!"

와인을 좋아하는 필립스. 시즌 중 자잘한 부상으로 많은
게임에 출장하지 못했다. 게다가 알비에스가 구멍을 제대로
메우면서 이제는 후보로 밀려난 상황. 하지만 그의 존재감은
여전했다. 그리하여 간간히 대타로 제 몫을 해준 필립스였다.

그는 스니커의 기대에 부응했다. 1, 2구로 들어온 슬라이더
와 커터를 흘려보낸 필립스. 3구로 들어온 패스트 볼을 노려
콤팩트한 스윙을 휘둘렀다. 공은 카스트로의 수비망을 빠져나
가는 깨끗한 안타로 연결되었다.

1 대 0.

선취점을 올리는 브레이브스였다. 필립스의 클러치 능력과
스니커의 용병술이 빚어낸 드라마였다. 다소 김이 빠진 피네다,
다음 타자 가르시아에게 또 한 번의 홍역을 치뤘다. 밋밋한 슬
라이더를 던지다 좌중간 2루타를 얻어맞은 것. 1루의 필립스
가 전력 질주로 홈인하면서 스코어는 2 대 0으로 변했다.

2점의 리드.

게다가 전 회에서 원아웃 만루의 위기를 벗어난 테헤란이었

다. 3회부터는 체인지업과 브레이킹 볼이 위력을 발하기 시작했다. 5회, 괴물 타자 다이런 저지에게 던진 포심이 가운데로 쏠리며 솔로 홈런을 맞았지만 곧바로 가르시아가 홈런으로 응수했다. 오늘 포텐이 터진 가르시아였다.

게임 스코어 3 대 1.

양키스는 피네다를 내리고 베탄시스를 올렸다. 2점 정도는 추격 가능권이라고 판단한 것이다.

8회 브레이브스의 불펜진이 총력 가동되었다. 2점의 리드를 지키기 위해 출격한 불펜진의 첫 투수는 카브레라였다. 선두 엘스버리는 외야 플라이로 잡았다. 하지만 할러데이 타석에서 한 방을 맞고 말았다. 160㎞/h의 포심이 배트 중심에 제대로 맞아버린 것. 공은 좌측 펜스를 여유 있게 넘어갔다.

'젠장.'

카브레라의 미간이 구겨졌지만 담장을 넘어간 공은 돌아오지 않았다.

3 대 2.

한 점 차이가 되었다.

"한 점 차이가 됩니다. 추격하는 양키스입니다."

중계석 폼멜의 목소리에 우려가 묻어나왔다.

원아웃.

흔들린 카브레라는 산체스를 맞아 도망가는 피칭을 하다

볼넷을 내주고 말았다. 비극은 그다음에 일어났다. 카스트로의 타석에서 몸에 맞는 공을 던진 것이다.

"아, 주자가 둘로 늘어납니다. 역전 주자가 나갑니다."

폼멜의 목소리에 장탄식이 섞여 나왔다.

"투수가 교체되나요?"

"그런 것 같습니다. 존슨이 나올까요?"

"그렇군요. 스니커 감독, 일찌감치 존슨을 투입합니다."

짝짝짝!

박수와 함께 존슨이 마운드를 물려받았다. 승부처로 판단한 스니커는 8회 원아웃에 존슨을 올리는 강수를 마다하지 않았다. 브레이브스의 마지막 희망 존슨, 이제 운명은 그의 싱커에 달려 있었다.

타석에 그레고리우스가 들어섰다. 원정 게임에서 막강 강심장을 드러내는 선수. 수비에 비해 공격력이 떨어졌지만 이제는 케노에 올랐다.

'바깥쪽 높게.'

플라워스의 미트가 올라갔다. 패스트 볼 사인이었다. 그레고리우스는 초구부터 공격적으로 나왔다.

짝!

패스트 볼에 이어 들어간 싱커에 배트가 돌았다. 공은 좌익수 인시아테를 향해 날아가다 툭 떨어졌다. 질주하던 인시아테가 몸을 날렸다. 한 바퀴를 구른 인시아테가 글러브를 들어 보였다. 공은 그 안에 들어 있었다.

"아웃!"

심판이 판정을 내리자 양키스 벤치가 끓어올랐다. 그들은 한결같이 원 바운드 캐치라고 외쳤다. 결국 비디오 판독인 '챌린지'가 요청되었다.

선 트러스트는 잠시 고요에 휩싸였다. 판정은 오래 걸리지 않았다. 화면의 캡처 장면이 돌아갔고, 공은 아슬아슬하게 글러브에 빨려 들어갔다. 원 바운드가 아니었다.

"아웃!"

심판이 다시 한번 아웃을 확인했다. 그래도 존슨은 숨을 돌리지 못했다. 지라디 감독도 승부수를 던졌다. 투수를 대신해 들어선 타자는 내셔널리그에서 홈런왕을 기록했던 파워 히터 '카터'였다.

"와아아!"

양키스 팬들이 환호를 했다. 그들은 머릿속에 홈런을 그렸다. 홈런이면 쓰리런. 무려 5 대 3으로 뒤집게 되는 것이다.

"우― 우― 우!"

누군가 도끼질 응원을 시작했다. 존슨에게 보내는 힘이었다. 응원의 불길은 이내 홈 관중 모두에게 옮겨갔다.

"우― 우!"

더그아웃의 운비도 힘을 보탰다.

'존슨… 힘내요.'

거기만 넘으면 되요.

'타자하고만.'

벤치의 스니커가 사인을 보냈다. 배터리는 그 사인에 충실했다. 첫 볼카운트 싸움은 카터 쪽으로 기울었다. 2─1이 되고 3─1이 되어버린 것. 카터는 백전노장답게 서두르지 않았다. 유인구에도 잘 말려들지 않았다.

그리고… 카운트를 잡으러 들어간 포심에 배트가 돌았다.

짝!

"아!"

타격음과 동시에 중계석의 신음이 나왔다. 공은 인시아테와 켐프 쪽이었다. 둘은 미친 듯이 펜스를 향해 뛰었다.

"아아!"

폼멜의 목소리가 기울고 있었다. 공은 이제 켐프보다는 인시아테 쪽에 가까웠다.

"넘어갑니까?"

해설자의 목소리가 끝나기 전, 인시아테가 훌쩍 솟구쳤다.

"아아!"

폼멜의 탄식과 함께 인시아테가 팔을 뻗었다. 공은 글러브 끝을 맞고 살짝 튀었다. 인시아테는 놀라운 집중력으로 한 번 더 글러브를 내밀었다. 공은 결국 글러브 안으로 빨려 들어갔다. 낙하한 인시아테는 바로 일어나지 못했다. 심판이 달려왔다. 주자들은 둘 다 홈으로 들어온 상황. 정신을 차린 인시아테가 글러브를 들어 보였다. 쓰러지면서도 공을 놓치지 않은 인시아테였다.

"아웃!"

"와아아!"

주심의 콜과 함께 홈 팬들이 아우성을 쳤다. 위기를 넘기는 존슨이었다. 한 점을 지켜내는 브레이브스의 수호신이었다.

9회 초, 존슨은 다시 마운드에 있었다. 1번 타자부터 시작하는 양키스의 타순. 조금도 마음 놓을 수 없는 일이었다.

긴장한 탓일까? 선두 타자 가드너에게 안타를 맞았다. 하지만 메케니의 타석에서 스완슨의 호수비가 빛났다. 수비 시프트 사이로 영악하게 굴린 공을 기막힌 움직임으로 잡아낸 것. 스완슨은 거침없이 겟투를 연결시켰다.

노아웃 1루에서 투아웃.

기세가 오른 존슨은 양키스의 뉴 희망봉 저지를 삼진으로 돌려세웠다. 그의 베스트 스터프는 전매특허로 불리는 싱커. 구속이 무려 155km/h를 찍은 역투였다. 브레이브스의 수호신은 3 대 2 승리를 지켜냈다.

"와아아!"

"우— 우— 우!"

관중석은 환호와 도끼질 응원으로 범벅이 되었다. 브레이브스 선수들이 쏟아져 나와 존슨을 환영했다. 기막힌 수비를 보인 인시아테를 환영했다.

"브레이브스… 브레이브스……."

중계석 폼멜은 차마 말을 잇지 못했다.

"아아, 기적입니다. 3패 뒤의 3연승… 마침내 승부를 원점으로 돌려놓는 브레이브스 전사들입니다."

"이렇게 되면 양키스가 쫓기게 됩니다. 더구나 내일은 브레이브스의 히어로 황의 선발 등판이 예고되어 있습니다."

"그렇죠. 하지만 양키스의 원투펀치인 다나카와 사바시아는 등판하기 어렵습니다."

"이거 차마 말이 안 나오는군요. 브레이브스… 빅 리그에 명승부의 전설을 만들고 있습니다. 그리고 그 전설의 완성까지는 이제 1승이 남았습니다."

중계석이 떠나가는 동안 그라운드의 선수들은 홈 팬들을 향해 인사를 올렸다.

짝짝짝!

뜨거운 박수가 그치지도 않고 돌아왔다.

"인시아테!"

스탠드의 윤서는 인시아테를 향해 두 손을 흔들었다. 그런

다음 그를 향해 뛰었다. 인시아테는 두 팔을 벌리고 윤서를 맞았다.

"아, 진짜… 어이, 황. 저래도 되는 거야?"

리베라가 입맛을 다셨다.

"되지. 홈런 타구를 잡았잖아?"

"그러는 나는?"

"부러우면 네 동생 인젤라라도 포옹하든가?"

그사이에 인젤라가 스탠드에서 내려왔다. 그녀는 스프링처럼 뛰어올라 리베라의 품에 안겼다. 기자들이 리베라에게 카메라를 들이댔다.

"어어, 얘는 그냥 내 동생이에요. 리얼 시스터라고요!"

리베라가 손사래를 쳤다. 선수들은 그걸 보며 배를 잡고 웃었다. 웃음은 그치지 않았다. 웃어도, 웃어도 또 웃고 싶은 순간이었다.

7. 월드시리즈 MVP Ⅰ

—Boys be ambitious!

—1만 시간의 법칙!

—3억 불.

월드시리즈 최종 7차전을 앞두고 기자는 세 가지 화두를 생각하고 있다. 어쩌면 월드시리즈와 별로 어울리지 않는 이 단어들은, 그러나 굉장한 연관을 가지고 있다.

'소년이여 야망을 가져라.'

누구나 아는 명언이다. 역사상 많은 소년들이 야망을 가졌고 그 야망 덕분에 지구는 발전을 거듭해 왔다. 젊은이들이 도전 정신을 가지지 않았다면 지구는 여전히 청동기나 철기시대에 머물고 있을 지도 모른다. 그럼 야망은 어떻게 가지는 걸까?

야망이란 단어는 단순히 머리로 생각한다고, 입에 올린다고 이루어지는 것이 아니다. 생각이 아니라 행동이 필요한 까닭이다. 우리는 흔히, 행동으로 옮겨진 야망이 성공으로 이어지는 것에 1만 시간이 필요하다고 말한다. 누구든 1만 시간 정도 노력한다면 그 분야에서 최고는 아닐지라도 전문가로 인정받을 수 있다는 통계적, 경험적 뒷받침이다.

1만 시간.

24시간이 하루이니 1년이 8,760시간이다. 만 시간이면 416일 하고도 16시간 정도. 즉, 1년 5개월 16일 16시간 정도에 해당한다. 하루 3시간 정도로 생각하면 10여 년이다. 결코 짧은 시간이 아니다. 누구에게든 쉽지 않은 시간이다.

21세기에도 많은 젊은이들이 야망에 도전한다. 그러나 상당수는 머리만의 도전이다. 그들은 더 많은 시간을 컴퓨터 게임에 매달리고 핸드폰으로 캐릭터 레벨을 올리면서 야망을 말한다. 어떤 이들은 술집에서 밤새 술을 마시고 노닥이면서 야망을 꿈꾼다. 그들 젊은이들의 공통점은 '내일'이다.

'오늘 실컷 놀고 내일부터!'

'올해는 원 없이 놀고 내년 1월 1일부터!'

스스로에게 옵션을 거는 순간 야망은 허상에 지나지 않는다.

여기 한 소년이 있다. 이 소년은 원래 배구 선수였다. 어릴 때부터 타고난 신체 조건에 타고난 운동신경. 그걸 바탕으로 배구를 시작했다. 물론 잘나갔다. 우월한 신체에 감각, 노력까지 있었다. 초등학교 때부터 발군이었고 중학생이 되자 전국 대회를 휩쓸었다. 고등학교에 입학하기 무섭게 청소년 대표가 되었다. 그때 그의 신장은 이미 190㎝를 훌쩍 넘었다. 나이가 차면 국가 대표가 되는 건 기정사실로 보였다.

이보다 잘나갈 수 없는 일. 대다수 젊은이라면 조금은 우쭐하며 그 길을 계속 갔을 것이다. 이미 최고가 되었고 예정된 최고의 자리가 눈앞인데 돌아설 일이 없었다.

이 소년은 달랐다. 거기서 미련 없이 돌아섰다.

'도전!'

소년에게 배구는 더 이상 꿈이 아니었다. 그래서 선택한 게 야구였다. 기자는 그때 그를 만났다. 꿈 깨라. 야구 아무나 하냐? 네 몸은 이미 배구에 최적화되었다. 네가 야구 선수로 대성하면 내 손에 장을 지진다.

기자의 선입견은 저주에 가까웠다. 소년은 대꾸하지 않았다. 수많은 사람들의 우려와 비난을 뒤로하고 묵묵히 야구공을 잡았다. 물론, 첫 출발은 기자의 예상처럼 엉망진창이었다. 그가 던진 공은 포수의 글러브 근처에도 가지 못했다.

그러나 소년은 포기하지 않았다. 많은 젊은이들과 달랐다. 다른 사람이었다면 그의 선택은 자명했다.

'나 다시 배구할래.'

'야구는 나랑 안 맞아.'

그렇게 한다고 해도 말릴 사람은 없었다. 오히려 환영받을 일이었다. 하지만 소년은 더 큰 바다로 가려는 꿈을 접지 않았다. 1만 시간을 이루기 위해 하루도, 한시도 쉬지 않았다. 침대 위에서도 공을 던졌고, 화장실에서도 악력을 키웠다.

그는 마침내 전국 꼴찌이던 팀을, 그 학교 이름을 단 유니폼 자체로도 비웃음받던 팀을 전국 대회 정상에 올려놓았다. 아시아 청소년 대회를 제패하고 세계 청소년 대회 우승기를 안기고, 심지어는 지지부진하던 아시안게임 결승전에서는 나태한 일부 국가 대표들에게 태극마크의 숭고함을 일깨워 주기도 했었다.

그는 마침내 메이저리그 팀들의 콜을 받았다. 그런데, 여기서도 그는 도전하는 쪽을 택했다. 양키스, 컵스, 다저스, 에스트로스, 자이언트, 메츠. 유수한 팀의 오퍼를 받았지만 그의 선택은 척박한 브레이브스였다.

도전하는 속에서도 편안한 길보다 거친 쪽을 택한 것이다.

돌아보면 그의 선택은 늘 험난하고 가파랐다. 그러나 그의 선택은 늘 좋은 결과를 만들어냈다. 1년을 절치부심한 그는 세계 야구 천재들의 경연장인 메이저리그에서도 불꽃처럼 타올랐다.

—황운비, 정규 시즌 17승 6패 ERA 2.58.

루키의 몸으로 무려 17승. 거기에 방어율 또한 초특급 투수 반열에 해당하는 2점대였다. 명문 팀도 아니고 지구 꼴찌 팀에서 이룬 쾌거였다.

그러나 정규 시즌은 그의 존재를 알리는 신호탄에 지나지 않았다. 메이저리그의 많은 팀들에게도 꿈의 경연인 포스트 시즌. 그의 팀은 꼴찌라고 불릴 와일드카드를 '겨우' 손에 쥐었다. 포스트 시즌에 진출한 팀 중에서는 최악의 상황이었다. 하지만, 그에게 있어 최악은 그저 일상이었고 분투의 조건이자 도화선일 뿐이었다.

포스트 시즌, 그는 더 독하게 날았다. 챔피언시리즈가 끝나고 팀에게 NL의 우승컵을 안겼을 때 그의 기록은 찬란하다 못해 눈이 시릴 지경이었다.

—포스트 시즌 5승 무패 ERA 1.03.

5승…….

그는 높이 날았다. 그러나 들뜨지 않고 냉철하게 날았다. 매 순간 좌절하고 아파했던 기억들도 오래 담아두지 않았다. 팀의 약한 방망이를 탓하지도 않았고 야속한 득점 지원을 원망하지 않았다. 그는 언제나, 늘 그의 공을 던졌다. 언제나 타자만을 상대했다.

지난한 시간을 거쳐온 그가 브레이브스와 맺은 계약은 4년이다. 그 계약은 이제 2년이 남았다. 2년 후, 소년의 꿈은 어떻게 보상받을 수 있을까? 많은 전문가들은 다년 계약을 한다면 3억 불도 가능하다는 예상을 내놓았다. 3억 불, 무려 3억 불이다.

그걸 한화(韓貨)로 환산하는 건 기자의 속물근성에 불과하다. 정작 소년은 이런 부수적인 것에 아무런 생각이 없다. 소년이 꿈꾸는 건 오직 하나. 월드시리즈 7차전 승리투수에 이름을 올리는 것뿐이다.

그 자신, 이미 어마어마한 몬스터로 성장했지만 정작 그는 자기가 몬스터인 줄을 모른다. 그저 얼음 동동 띄운 콜라 한 잔에 소탈하게 웃는 소년일 뿐이다.

오늘 한국을 비롯한 전 세계 야구팬들은 그 소년의 위대한 도전을 볼 수 있다. 잘나가던 배구 선수의 길을 버리고 새롭게 도전한 야구 선수의 길. 그 가장 높은 월드시리즈에서 위대하게 꽃피는 한 소년의 꿈…….

그 소년의 이름이 바로 황운비이다. 브레이브스의 염원을 어깨에 걸머진 7차전 선발투수다. 대한민국 사람이라면 이름만으로도 가슴이 먹먹해지는 우리의 코리안이다. 기자는 염원한다. 그가 오늘 기필코 승리투수가 되어주기를. 그리하여 대한

민국 젊은이들에게 꿈이 무엇인지를 보여주기를······.

　〈스포츠오늘 차혁래 야구담당기자 chahr@soneul.
com〉

　7차전의 새벽, 차 기자의 칼럼은 한국 일간지의 전면 기사
로 나왔다. 그중 일부는 MLB와 USBA 투데이에도 함께 실렸
다. 기사의 반향은 굉장했다. 운비는 한국에서도, 미국에서도
검색어를 장악해 버렸다.

　—키힝, 운비 넘흐넘흐 멋져 부러.

　—당신을 존경합니다.

　—연봉 1억에 안주하며 살아온 내 삶이 부끄럽구나.

　—으엑, 3억 불이면 우리 돈으로 얼마야? 계산이 안 되네.

　—나 운비랑 결혼할래.

　—위에 분 3억 불이면 현재 환율로 3,375억이라능.

　—미안, 나도 오늘부터 야구 선수 도전하고 싶지만 키가 165cm라서······.

　—간만에 좋은 기사입니다.

　—황운비 선수의 승리를 기대하고 고대합니다.

　국민들의 바람은 댓글에서 고스란히 드러났다. 이제는 운비
가 꾸는 꿈이 국민들의 꿈이었다.

황운비 VS 세베리노.

7차전, 양키스는 4선발로 꼽히는 세베리노를 내세웠다. 양키스의 선발진도 바닥이 난 상태였다. 사바시아와 피네다의 잇따른 패전이 뼈아픈 그들이었다.

늦은 밤, 운비는 침대에 있었다. 손에는 핸드폰이 들렸다. 문자가 홍수를 이루고 있었다. 팬클럽과 팬카페도 그랬다. 윤서가 관리하는 운비의 인스타그램도 미어터지기 직전.

인터넷도 다르지 않았다.

〈황운비, 운명의 7차전 선발 낙점〉
〈황운비, 브레이브스의 최종 희망〉
〈황운비, 최종전 승리로 월드시리즈 MVP를 노린다〉

운비의 등판을 두고 수많은 기사들이 쏟아졌다. 그 기사마다 수천, 수만 개의 댓글이 달렸다. 댓글들은 하나같이 운비의 건승을 빌고 있었다.

—한국인 최초의 월드시리즈 2승 투수 기원.

먼 한국 땅 팬들의 마음도 하나였다.

'차 기자님은… 지진다는 장은 안 지지고……'

운비는 차혁래의 기사를 보고 웃었다.

—고마워요. 하지만 너무 띄운 거 같은데요?

문자로 고마움을 전했다.

그래도 운비의 표정은 그리 밝지 않았다. 장리린 때문이다. 그녀의 문자가 오지 않은 것이다. 물론 리린이 문자를 많이 하는 편은 아니었다. 그러나 3패 뒤에 3승을 이룬 상황. 뭐라고 한마디 정도는 올 법도 하지만 리린은 감감무소식이었다.

'공연이 바쁜가?'

아쉬운 마음이 들지만 할 수 없었다. 게다가 아직 아침이 오지 않은 상황. 그냥 넘어가고 아침 인사를 기다리기로 했다.

윤서가 두고 간 홍삼차를 마셨다. 소야도의 곽민규가 보내 왔던 것. 남은 게 생각나 차로 만들어달라고 부탁한 운비였다.

홍삼에서는 바다 냄새가 났다. 차에 싣고 섬을 돌아다닌 모양이었다. 마지막 한 모금까지 마시고 침대에 누웠다. 마지막 루틴은 잊지 않았다.

야구공을 천장으로 던졌다. 공이 천장을 맞고 튕겨 나왔다. 어깨에 힘이 들어간 것이다.

'천장에서 10㎝.'

벽에 그린 기준선을 따라 공을 던졌다. 투수에게 있어 제구는 생명이다. 내일처럼 중요한 날은 더 그랬다. 세 가지 높이로 서른 개씩 던지다 까무룩 잠이 들었다.

윤서는 살금살금 나와서 운비의 수면을 확인했다. 그녀는 조심스레 집안의 불을 껐다. 가전제품의 플러그도 모조리 뽑았다. 그 무엇이든 운비의 잠을 방해할 만한 요인은 용서치 않은 그녀였다.

*   *   *

7차전.

그 아침도 결국 밝아왔다. 운비가 문을 열고 나오자 노래가 들려왔다.

for the champions stand up, stand up.

here we go it s getting close.

일어나, 챔피언을 위해.

거의 다 왔어.

음악의 주인공은 윤서였다. 밤이라도 샌 건지 토끼 눈을 한 채로 음악을 틀어놓고 있었다.

"누나……."

"잘 잤어?"

"누나는?"

"내가 뭐?"

"설마 잠 안 자고 나 지킨 거야?"

"그럼 어쩌니? 월드시리즈 우승을 어깨에 건 사람인데……."

"좋아. 내가 우승 배당금 받으면 한 장 준다."

"정말?"

윤서가 반색을 했다. 7차전까지 온 월드시리즈. 우승팀 선수들은 약 5억에 가까운 배당금이 예상되고 있었다.

"당연하지. 까짓것 못 주겠어?"

"운비야… 뭐 하룻밤 지켜줬다고 1억까지야……."

"응? 웬 1억?"

"니가 한 장 준다며?"

"100달러. 하룻밤 새운 일당이 그 정도면 되지 1억?"

"어휴, 진짜… 그럼 그렇지. 빨리 씻기나 해!"

윤서는 볼멘소리를 내고는 주방으로 향했다.

시원하게 샤워를 했다. 바디 샴푸를 바르던 운비, 갑자기 동작을 멈췄다.

"……?"

거울을 향해 돌아서 어깨를 체크하는 운비. 왼쪽 어깨에 시린 기운이 느껴졌다.

'잠을 잘못 잤나?'

가만히 어깨를 회전시켜 보았다. 통증은 없었다.

'후우!'

안도의 숨을 쉬고 샤워를 마쳤다. 방으로 돌아온 운비는 다시 핸드폰을 체크했다. 밤사이의 문자 또한 산더미였다. 하지만 리린의 것은 없었다.

'뭐야? 어디 아픈가?'

전화를 할까 하다 문자만 보냈다.

—나 오늘 등판해요. 꼭 이길게요.

리린은 톱스타다. 때로는 운비보다 더 바빴다. 그런 걸 고려하지 못하고 징징거린다면 쫌팽이로 비칠 수도 있었다.

"굿모닝, 황!"

스칼렛이 일착으로 찾아왔다. 그다음은 통역 윌리 윤. 그다음은 보지 않아도 인시아테였다.

"잠 잘 잤나?"

스칼렛이 물었다.

"그럼요."

"어깨는?"

"보시다시피 굿입니다."

"좋아."

스칼렛이 운비의 어깨를 두드려 주었다. 자나 깨나 운비 어깨 걱정인 스칼렛. 계속되는 4일만의 연투에 우려감을 감추지 못하고 있었다.

운비는 훈련장에 일착으로 도착했다. 정해진 시간보다 45분이나 일찍 온 것이다. 가방을 벗어 고이 내려두었다. 안에는 수호신과 동급인 낡은 게임기가 들어 있었다.

러닝을 했다. 트레이너들은 그리 달가워하지 않는 일. 하지만 운비는 뛰어야 개운했다. 일종의 마인드 콘트롤인 셈이었다.

"황!"

불펜 포수 일착은 레오였다. 그도 30여 분이나 일찍 나온 것이다.

"왜 이렇게 일찍 왔어요?"

"그러는 황은?"

레오는 옷도 갈아입지 않고 운비와 보조를 맞췄다.

"저야 뭐……."

"너무 많이 뛰지는 말라고. 호흡이 편안해지는 거기까지만."

"알았어요."

"식사는 제대로 했어?"

"어땠을 거 같아요?"

"내가 아는 황이라면 제대로 먹었겠지. 멘탈이 다른 선수니까."

"맞아요. 스태미나를 위해 밀웜 환까지 한 주먹 삼키고 왔거든요."

"그렇게 해."

"예?"

"그냥 편안하게… 너무 특별한 이유 붙이지 말고."

"그러려고요."

"그게 좋아. 난 불펜 신세라 잘 모르지만… 어쩌면 더 잘 알기도 해. 늘 한두 발치 뒤에서 지켜보는 관찰자라서 그런 가……."

"심오한 말인데요?"

"내 생각이 그래. 그냥 편안하게 자기 투구를 하는 투수가 무서워. 의미는 승리한 후에 붙여도 늦지 않잖아?"

"명언까지……."

그건 진심이었다.

"하체 대충 풀었으면 상체로 갈까? 황이 좋아하는 2,000보 정도 뛰었어."

레오가 '보행기'를 꺼내 보였다. 그걸 누르며 달린 모양이었다. 레오는 정말… 그냥 불펜 포수가 아니었다. 가벼운 캐치볼을 할 때 투수조들이 몰려오기 시작했다. 오늘은 포수들도 총출동이었다. 월드시리즈에는 8차전이 없기 때문이었다.

투수조는 운비와 함께 몸을 풀었다.

펑!

쾅!

공도 함께 던졌다. 브레이브스 투수조는 그 어느 때보다 분위기가 좋았다. 아재급 투수 콜론이 전체 분위기를 조율했다. 어제 승리를 따낸 테헤란도 동참했다. 하지만 오버하지는 않았다. 그들은 단지 운비를 위해 보조를 맞출 뿐이었다.

"……!"

플라워스와 존을 조율하던 운비가 투구를 멈추고 고개를 갸웃했다. 어깨의 피로감이었다. 다시 찾아온 피로감…….

어깨…….

순간적으로 굉장히 무거운 느낌이 들었다. 제구도 조금씩 튕겨 나갔다. 운비는 빈 허공을 향해 투구 동작을 해보았다. 좋지 않았다.

"Why?"

플라워스가 물었다.

"아뇨……."

운비가 다시 존을 조율했다. 패스트 볼에서 체인지업, 브레이킹 볼에서 다시 패스트 볼로… 마무리는 커터를 두세 개 꽂는 것으로 끝을 보았다. 아까보다는 나았다.

"황!"

마스크를 벗은 플라워스가 운비를 불렀다.

"왜요?"

"이상은 없는 거지?"

"제 공, 오늘 안 좋아요?"

"그런 건 아니지만……."

플라워스는 말을 아꼈다. 이제는 운비의 몸을 꿰고 있는 브레이브스의 포수들. 뭔가 느낌이 좋지 않지만 말조심을 하고 있었다.

"사실 조금 피곤하긴 한데 마운드 올라가면 괜찮아요. 저 알잖아요?"

"물론!"

플라워스가 웃었다. 운비의 화끈한 대답에 위로가 된 모양이었다.

"레오, 미안하지만 어깨 좀 만져줄래요?"

운비가 레오에게 다가갔다. 불펜에서는 그의 손이 엄마 손 못지않은 약손이었다.

"피곤하지?"

어깨를 주무르며 레오가 물었다.

"피곤하지 않으면 인간이 아니잖아요? 저만 그런 것도 아니고……."

"그래. 오늘만 넘기……?"

마사지를 하던 레오의 손이 어깨 상부관절 부위에서 멈췄다.

"여기에 힘이 들어가 있네. 힘을 쭉 빼봐."

"이렇게요?"

"오케이!"

마사지가 조금 더 이어졌다.

"어때?"

"시원한데요. 빡빡하던 느낌이 사라졌어요."

"상부관절 부근 근육에 피로감이 쌓인 거 같아. 이제 괜찮을 거야."

"역시 레오가 최고."

운비가 레오를 향해 엄지를 세워 보였다.

이날 리사의 인터뷰는 레오와 함께였다. 둘의 친분을 아는 리사, 올해의 마지막 경기다 보니 지난번처럼 엮어서 방송에 들어갔다.

"안녕하세요? 리사입니다. 월드시리즈 7차전, 브레이브스의 운명을 거머쥔 황을 만나보겠습니다. 옆에는 황의 전담 불펜 포수로 불리는 레오도 나왔습니다. 안녕하세요? 레오?"

"안녕하세요?"

"두 사람 불펜 단짝 맞죠?"

"황은 굉장한 선수니 단짝이라는 말은 영광스럽고… 그저 황이 몸 푸는 걸 도와주는 역할입니다."

"황처럼 겸손하시군요. 오늘 황의 컨디션은 어떻습니까?"

"그는 자기 관리를 아는 선수입니다. 4일만의 등판이지만 문제없습니다."

"황이 미리 입단속시킨 거 아니죠?"

"하핫, 절대 아닙니다."

레오가 웃었다. 리사의 질문은 운비에게 쏟아졌다. 특별했다. 하지만 핵심을 추리면 '승'이었다.

'오늘 이길 수 있어?'

리사의 요점은 그것이었다.

"오늘 우리는 기적을 완성합니다. 기대하세요!"

운비는 간결하게 대답했다. 이 말은 통역 없이 그대로 전세계로 타전되었다. 마지막 게임이다 보니 차혁래의 인터뷰에도 응했다. 그건 그저 짧은 몇 초의 일이었다. 한국 팬들의 성원과 운비의 컨디션을 고려한 차혁래의 절충점이었다.

"시구를 맡아줄 주인공이 등장하고 있습니다. 아, 그가 누구인가요?"

장내 아나운서가 폭주를 시작했다. 시구는 브레이브스의 전설로 불리는 매덕스였다. 빅 리그 컨트롤의 마법사로 불리며 명예의 전당에 헌액된 인물이었다.

"와아아!"

"시구에 들어갑니다. 오늘 등판하는 황은 브레이브스 최고의 컨트롤을 자랑하는 선수, 시구자는 왕년의 레전드 트랙 매덕스. 부디 매덕스의 기가 황에게 전달되어 브레이브스가 다시 한번 우승 반지를 끼게 되기를 염원합니다."

시구는 기가 막혔다. 스피드는 다소 떨어지지만 매덕스는 여전히 매덕스였다. 스트라이크존 가운데를 파고든 것이다.

"부탁하네, 운비 황."

그는 또렷한 말로 운비를 격려했다.

"와아아!"

홈 팬들이 또 한 번 열광했다. 매덕스가 현역일 때 브레이브스는 빅 리그 최고의 명문 팀을 구가했다. 팬들은 마치 그날의 재현을 원하는 듯 환호하고 있었다.

전광판에 양키스의 라인업이 올라왔다.

1번 타자: 메이슨 가드너(LF)

2번 타자: 다이런 저지(RF)

3번 타자: 이안 멕케니(3B)

4번 타자: 존 엘스버리(CF)

5번 타자: 조지 할러데이(1B)

6번 타자: 게리 산체스(C)

7번 타자: 다니엘 카스트로(2B)

8번 타자: 대니얼 그레고리우스(SS)

9번 타자: 카일 세베리노(P)

6차전과 비슷한 타순이었다. 바뀐 거라면 멕케니가 3번으로

가고 저지가 2번으로 올라온 것. 1, 2, 3번이 출루하면 4, 5, 6번이 불러들이겠다는 의도였다.

투수 세베리노는 9번에 포진했다. 언론들은 그가 2015년 캐리어 하이의 영광을 재현해 주길 바랐다. 그 이듬해 내리막을 걸었던 그는 양키스의 레전드 마르티네스에게 체인지업을 전수 받으며 전반기부터 살아났다. 하지만 최상은 아니었다. 그렇다고 해도 그는 언젠가는 양키스의 마운드를 책임질 선수의 하나였다. 시즌 통산 9승 13패 ERA 4.66. 한 팀의 4선발로는 나쁘지 않은 성적이었다.

마운드에 플라워스와 브레이브스 내야들이 모두 모였다.

"부담 없이 던져. 수비를 우리가 책임질 테니까."

스완슨이 말했다.

"물론이지. 황은 혼자가 아니야."

선발로 출장한 필립스도 다르지 않았다.

"오늘 3루는 철통 수비 선언. 어려운 놈이 나오든 그 공 전부 나한테로 오게 유도해 달라고."

가르시아의 이빨에서도 전의가 번득거렸다.

"아, 진짜……."

듣고 있던 운비가 버럭 소리쳤다.

"다 좋지만 그럼 난 뭐 하라고요? 대충 살아요?"

"하하핫!"

내야들은 웃음을 터뜨리며 위치로 돌아갔다.

"황!"

플라워스가 주먹을 내밀었다. 운비도 주먹을 부딪쳐 주었다. 먼 불펜이 눈에 들어왔다. 거기서 내다보는 레오가 보였다. 운비가 주먹을 내밀자 레오도 내밀었다. 둘은 상상으로 주먹을 부딪쳤다. 호흡을 고르며 외야를 돌아보았다.

우익수 리베라, 컨디션······.

중견수 인시아테 컨디션 이상 무.

좌익수 켐프······.

피식 웃으며 시선을 거두었다. 리베라와 켐프의 컨디션이 좋지 않았다. 하지만 다른 선수들은 괜찮았다.

'그럼 된 거지.'

운비의 시선이 플라워스에게 향했다. 타석에는 가드너가 들어와 있었다. 주심의 플레이볼 사인이 떨어졌다.

'오늘은 뭘로 스타트를 끊어줄까요?'

운비가 플라워스를 바라보았다.

'흐음, 역시 황은 강철 멘탈이야. 떨지도 않는단 말이지.'

'겨울도 아닌데요?'

'무리하지 말고 시동 걸자고. 9회까지는 길어.'

'그럼 커브 한 방 넣어줄까요?'

'커브?'

플라워스의 눈빛이 반짝거렸다.

'천천히 가자면서요? 그럼 당연히 브레이킹 볼이죠.'

'황이 원한다면야.'

플라워스가 미트를 세웠다. 가드너의 핫 존인 1, 2, 6, 7번 존 쪽이었다. 좌타자인 가드너는 몸 쪽 높은 공에 대한 대처가 약점이었다.

매직 존이 보였다. 오늘 따라 더 선명하게 보였다. 수호령은 다른 날과 달리 그 안에서 걸어나왔다. 그 또한 더욱 선명했다. 수호령은 하르르 몸을 떨더니 운비 어깨로 날아왔다. 그리고는 한번 고개를 젓고는 사라져 버렸다.

'어깨……'

힘내라는 거겠지. 혼자 말하고 혼자 고개를 끄덕였다.

"파이팅!"

외야에서 리베라의 응원이 날아왔다.

"운비야, 힘내."

"파이티잉!"

스탠드에서도 그랬다. 세형과 철욱, 그리고 윤서가 주인공이었다. 오늘은 박 감독도 일어나 함성을 보탰다.

고개를 끄덕이며 생각했다. 저들 중에 리린이 있다면… 더그아웃에서 마지막으로 확인한 전화에도 문자는 없었다. 많이 바쁜 모양이었다. 그렇게 고개를 돌리던 운비, 홈 플레이트

뒤쪽의 스탠드에서 시선이 멈췄다.

'리린?'

운비는 눈을 의심했다. 심판 뒤쪽으로 리린이 보인 것이다. 그녀였다. 그녀는 작은 종이 피켓까지 챙겨 들고 있었다.

―운비 씨, 꼭 이겨줘요!

운비는 눈을 감았다 떴다. 고개도 흔들어보았다. 하지만 환상이 아니었다. 장리린, 그녀가 직관을 와준 것이다. 그랬다. 그래서 전화도 문자도 하지 않은 모양이었다. 저렇게 직접 와서 운비를 놀라게 해주려고……

리린!

운비는 왼손을 쭉 뻗어 리린을 가리켰다. 엄지와 검지가 그린 건 '사랑해'라는 사인이었다. 보았는지, 리린도 똑같은 사인을 보내왔다. 어깨… 어쩐지 약간 시린 듯하던 느낌이 시원하게 사라졌다.

로진백을 내려놓는 동안 폼멜의 중계가 분위기를 달구기 시작했다.

"황이 초구를 준비합니다."

"그렇습니다. 이거 조마조마한데요?"

"저도 그렇습니다. 운명의 7차전입니다."

폼멜 옆의 해설자는 무려 넷. 그중 둘은 리사와 스칼렛이었다.

"스칼렛, 오늘 어떻게 예상하십니까?"

폼멜이 스칼렛에게 물었다.

"이겨야죠. 그걸 위해서 황이 출격한 겁니다."

"리사."

"이길 겁니다. 황은 어제도 오늘도 브레이브스의 진정한 에이스니까요. 에이스는 끊을 때와 이어갈 때를 알거든요."

"우리 모두의 바람도 같습니다. 황, 부디 브레이브스에게 월드시리즈 패자(覇者)의 감격을 안겨주길 바랍니다. 다만 걱정스러운 건 피로도입니다. 와일드카드 때부터 황이 차지하는 비중이 너무 큽니다."

"오늘까지만, 오늘까지만 역투를 바랍니다."

중계석의 바람을 안은 운비가 간결한 Short armed 딜리버리로 초구를 날렸다.

부욱!

빽!

공은 미트에 들어갔다. 하지만 높았다. 무려 공 세 개쯤 빠지는 높이였다.

"아, 초구는 예상을 깨고 볼이 들어갑니다. 많이 빠지는데요."

폼멜이 소리쳤다.

"의외로군요. 손에서 미끌어진 듯 굉장히 높았습니다. 제구력이 좋은 황답지 않은 공이 들어왔습니다."

"황도 사람입니다. 긴장하는 것도 당연하죠. 하지만 커맨드가 좋은 투수니 곧 괜찮아질 겁니다."

해설자의 말이 이어지는 순간 포심이 날아갔다.

뻑!

구속은 157㎞/h를 찍었지만 다시 높았다. 두 개 연속 볼이 되면서 카운트는 2—0이 되었다.

'낮게.'

플라워스가 두 손으로 바닥을 가리켰다. 3구는 커터를 날렸지만 그 또한 어깨 높이까지 올라가는 볼이었다.

"우!"

관중석에서 탄식이 새어나왔다. 쓰리 볼이 된 것이다.

'황, 서두르지 말고 천천히…….'

플라워스가 다시 사인을 보내왔다.

'알았어요.'

운비는 로진백을 집어 들었다. 연속으로 높은 공 세 개. 전에 없는 일이었다. 자신도 모르게 어깨에 힘이 들어간 모양이었다.

'가운데 낮게 투심 하나.'

플라워스가 볼카운트 조절을 원했다. 따르는 수밖에 없었다. 4구가 날아갔다. 가운데서 살짝 밖으로 빠진 공. 존 22에

걸쳤지만 주심의 손은 1루를 가리켰다. 스트레이트 포볼이었
다.

"우!"

홈 팬들에게서 한숨이 터져 나왔다.

'괜찮아.'

플라워스가 운비를 진정시켰다. 타석에는 저지가 들어서고
있었다. 언제나 타석을 꽉 채우는 위압감의 저지. 운비는 호
흡을 가다듬고 타자와 맞섰다.

1구—커터 154km/h RPM 2,590, 볼.

2구—체인지업, 볼.

3구—포심 153km/h RPM 2,680, 배팅.

짝!

2—0에서 들어간 공이 다시 몰렸다. 저지는 그걸 힘으로 밀
어붙였다. 공은 외야수 인시아테의 키를 넘어갔다. 그나마 백
업을 들어온 리베라가 공을 잡으면서 선행 주자의 홈 대시를
막아냈다.

노아웃 2, 3루.

"아, 이게 웬일입니까? 황, 아무래도 부담이 너무 큰 걸까
요?"

중계석의 폼멜이 한숨 섞인 중계음을 토했다.

"이번에도 실투입니다. 방금 저지를 상대한 패스트 볼들의

RPM이 2,600대입니다. 전과 다른 건 이전 게임에서는 완급 조절이 되었는데 지금은 그저 힘만으로 밀어붙인다는 거죠."

"그렇습니다. 지금까지의 황과 다릅니다. 한 점도 주지 않겠 다는 부담감이 너무 크게 작용하는 거 아닐까요?"

해설자의 시선이 스칼렛에게 옮겨갔다.

"이제 1회입니다. 황은 자기 관리를 할 줄 아는 선수이므로 곧 안정을 찾을 겁니다."

스칼렛은 들고 있던 콜라를 들이켰다. 그 자신도 실은 속 이 타고 있었다.

타석에는 3번 멕케니가 들어서고 있었다. 운비는 공은 만지 작거렸다.

아주 조금!

그게 문제였다. 아주 조금이 미트 앞에서 다른 결과를 만 들어내고 있었다. 그러나 오늘 따라 그 영점이 잘 잡히지 않 았다. 이렇게도, 저렇게도 변화를 주어보지만 그때마다 공은 표적을 빗나가 버렸다. 타자들은 그런 운비를 파악했다. 웬만 해서는 배트가 돌지 않는 것이다.

1구—포심 155km/h RPM 2,680, 볼.

2구—포심 154km/h RPM 2,720, 볼.

3구—체인지업, 볼.

멕케니도 그랬다. 존에서 공 두세 개가 빗나가는 운비를 감상만 하고 있었다. 사력을 다하지만 운비는 다시 쓰리 볼에 몰렸다. 그리고, 4구로 들어간 커터. 153㎞/h에 RPM 2,620을 찍은 공이 멕케니의 배트 중심에 제대로 맞고 말았다.

짝!

"아아!"

배트에 맞는 순간, 폼멜과 리사가 중계석에서 일어섰다. 홈 팬들의 반응도 비슷했다. 공은 좌익수 쪽이었다. 펜스까지 쭉 날아간 공은 아슬아슬하게 파울이 되었다.

쓰리런.

자칫했으면 3 대 0이 되었을 공. 철렁 내려앉았던 운비의 심장이 제자리로 돌아왔다.

'황운비…….'

운비 마인드 콘트롤을 걸었다. 그리고, 심장이 살짝 진정된 후에야 삽질하는 이유를 알았다.

리린.

그녀 때문이었다. 저 먼 코리아에서 응원을 하려고 날아온 리린. 그녀를 위해 멋진 투구를 하고 싶었다. 보란 듯이 타자들을 돌려세우고 싶었다. 그 영웅 심리가 제구를 흔들어놓은 것이다.

'Get a grip on yourself!'

운비는 자신을 다그쳤다. 지금 이 자리가 어딘가? 월드시리즈 7차전… 사사로운 연애 감정을 곁들일 자리가 아니었다. 마음에서 리린을 내려놓았다. 그녀에게 멋지게 보이고 싶은 그 들뜬 마음들.

마음을 다잡은 운비가 미트를 바라보았다. 이제야 시선이 차분해졌다. 가볍게 킥킹을 한 운비가 5구를 날렸다.

뻥!

공은 천둥소리를 내며 미트 안으로 곤두박질쳤다. 멕케니의 핫 존에 제대로 걸쳤다.

"스트롸익!"

주심의 손이 처음으로 올라갔다. 군데군데 막혀 있던 혈관에 뻥 소리가 들렸다. 이제야 '루틴'으로 돌아오는 운비였다.

"다소 긴장한 듯하던 황, 이제야 브레이크가 듣는 모양입니다. 볼카운트 3-2가 되었습니다."

중계석의 폼멜이 반색을 했다. 이번 공의 구속은 153㎞/h에 RPM 1,570이었다.

노아웃 2, 3루에 풀카운트.

경기장에는 칼날 같은 긴장감이 스쳐갔다. 그 긴장을 고스란히 안고 6구의 사인을 받았다.

'커터!'

배터리의 사인이 일치했다. 운비, 3루 주자를 슬쩍 바라본 후에 퀵 모션에 들어갔다.

"와앗!"

공이 운비의 손을 떠났다. 멕케니의 배트도 쾌속 스피드로 돌았다.

짝!

타격음을 들은 인시아테가 자리를 잡았다. 중견수 플라이였다. 1루의 가드너는 태그 업 자세를 갖추었다. 공을 잡은 인시아테가 홈을 향해 공을 던졌다. 하지만 가드너가 빨랐다. 이렇게 한 점을 내주는 운비였다.

8. 월드시리즈 MVP II

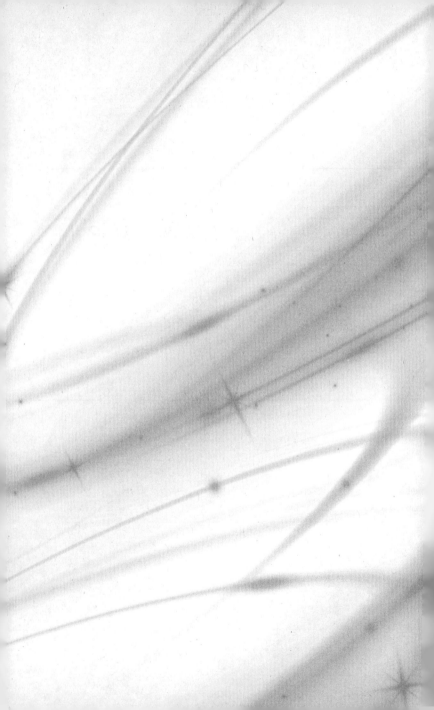

1 대 0.

원아웃에 2루.

한 점을 내주니 차라리 마음이 편했다. 운비는 홀가분한 마음으로 타석의 엘스버리를 상대했다.

1구―포심 155km/h RPM 1,580, 볼.

2구―포심 154km/h RPM 1,620, 파울.

3구―체인지업, 헛스윙.

4구―체인지업, 볼.

5구―포심 153km/h RPM 1,550, 파울.

6구—커터 153㎞/h RPM 2,620, 헛스윙 아웃.

엘스버리는 6구만에야 삼진으로 잡았다. 이제 운비의 제구는 제대로 표적을 찾고 있었다.

"삼진입니다. 황이 안정을 찾고 있습니다."

폼멜의 목소리가 밝아지기 시작했다.

"스피드가 153을 찍었습니다. 하지만 과정을 보면 황이 자신의 투구 스타일로 돌아온 걸 알 수 있습니다. 힘으로 밀어붙이는 게 아니라 머리를 쓴다는 거죠. RPM 구성이 달라졌지 않습니까?"

"그렇습니다. 이제 안정을 찾은 것 같습니다."

해설자들도 반색하기는 다르지 않았다.

"이번 구성이 일반적으로 황이 즐겨 쓰는 구성인데 어떻게 보십니까?"

"초반에 RPM 2,600 이상을 찍었죠. 오늘, 혼을 담은 투구가 나온다면 황의 RPM이 꿈의 3,000을 찍을 수 있을 지도 모르겠습니다."

"그렇죠. 빅 리그 투수 중에 누군가가 RPM 3,000을 돌파한다면 그건 황이 될 가능성이 가장 높습니다. 그의 손가락 메커니즘이 그렇거든요. 특이하게 긴 손가락에, 끝마디의 독특한 볼륨감까지……."

RPM 3,000.

중계가 나가자 많은 팬들이 공감을 했다. 이제 메이저리그에서도 본격적으로 대두되기 시작하는 회전수. 스피드가 빅리그 화제일 때는 150㎞/h가 화두의 중심이었다. 구속은 이제 160㎞/h까지 올라왔다. 160, 즉 100마일은 던져야 주목받는 투수가 될 수 있었다.

RPM은 달랐다. 아직까지는 보조적인 자료나 분석적 자료로 많이 쓰인다. 그러나 서서히 표면으로 부상되고 있는 중이었다.

지금까지 RPM 3,000을 찍은 선수는 없었다. 그에 근접한 선수가 황이었다. 역투 중에 2,900을 살짝 넘었던 기록이 있었다. 그리고 그가 던진 RPM 2,800 이상의 공을 안타로 만들어낸 선수는 한 명도 없었다.

RPM 3,000.

해설자들도 촉각을 세우기 시작했다.

운비는 할러데이와 승부를 하고 있었다.

짝!

3구 커터에 배트가 돌았지만 두 동강으로 갈라졌다. 공은 3루수 가르시아가 잡아 처리했다. 이 커터는 종적 변화가 보통이었다. 어떻게 보면 투심보다 조금 나은 편이었다. 그러나 방망이 안쪽을 파고들었기에 방망이가 박살 난 것이다.

'황…….'

플라워스가 혀를 내둘렀다. 분명 흔들리던 운비였다. 그러나 다시 경기를 지배하기 시작했다. 한 점을 내줬지만 큰 문제가 아니었다.

"와아아!"

홈 팬들은 박수로 루키 에이스를 격려했다. 리린도 일어나 피켓을 흔들었다. 운비는 그녀에게 시선을 주지 않았다. 지금 이 순간은 리린을 좋아하는 운비가 아니었다. 브레이브스의 운명을 거머쥔 투수 황인 것이다.

직진!

오직 직진.

운비가 생각하는 건 단 하나, 팀의 승리였다.

1회 말을 삼자범퇴로 물러나고 2회 말, 브레이브스가 반격에 나섰다. 프리먼의 내야 땅볼 이후에 캠프가 선상을 구르는 2루타를 작렬시킨 것. 6번으로 나온 플라워스의 타구 역시 제대로 맞았지만 엘스버리의 글러브에 들어가면서 분루를 삼켰다. 잔루로 끝나는가 싶을 때 필립스의 한 방이 터졌다. 좌익수 앞에 떨어지는 깨끗한 안타로 캠프를 불러들인 것.

1 대 1.

균형을 맞추는 브레이브스였다.

하지만 운비는 5회에 다시 위기를 맞았다. 선두 타자로 나온 할러데이에게 텍사스성 안타를 맞은 게 발단이었다. 이어진 산체스 타석에서 스완슨의 에러가 나오고 말았다. 내야로 타구를 유도했지만 글러브에서 공을 뽑지 못한 것. 주자는 노아웃에 1, 2루가 되고 말았다.

카스트로를 삼진으로 돌려세우며 잠시 숨을 돌린 운비. 그러나 그레고리우스의 타석에서 비운을 만났다. 3구로 들어간 포심에 배트가 돌았다. 공은 1루 프리먼 쪽이었다. 직선으로 날아온 공을 잡지 못했다. 포구 자세가 좋지 않았던 것. 운비가 1루로 뛰었지만 공이 늦었다.

원아웃 만루.

"괜찮아요!"

운비가 소리쳤다. 에러도 경기의 일부, 프리먼을 탓할 생각은 없었다. 타석에는 투수 세베리노가 들어섰다. 스니커가 번트 시프트 지시를 내렸다. 내야들이 두어 발씩 들어온 가운데 운비의 초구가 꽂혔다.

1구―커터 153km/h, 볼.

2구―커터 154km/h, 스트라이크.

세베리노는 번트 자세를 풀고 스윙을 한 후에 다시 타석에 섰다.

'체인지업?'

플라워스의 사인이 나왔다.

'아뇨.'

운비가 원하는 건 다시 커터였다.

'오케이.'

플라워스는 운비의 뜻을 받아들였다. 운비는 좋은 공을 줄 생각이 없었다. 안쪽을 제대로 파고들어 내야 땅볼을 만들려는 것이다. 주자들을 슬쩍 바라본 운비가 3구를 던졌다. 순간, 세베리노가 번트 자세를 풀고 강공으로 전환했다.

짝!

공은 운비 앞으로 날아왔다. 미처 수비 자세를 잡기도 전이었다. 운비는 공을 피하지 않고 몸으로 막았다. 어깨 아래를 맞은 공이 그라운드에 떨어졌다.

"아!"

중계석에서 비명이 쏟아졌지만 운비는 재빨리 공을 잡아 글러브째 플라워스에게 뿌렸다. 글러브는 중간에 떨어졌지만 공은 끝내 플라워스 미트에 들어갔다.

"아웃!"

주심의 콜이 힘차게 울렸다. 그러나 중계진과 홈 팬들은 비명을 멈추지 못했다. 공을 토스한 운비가 일어나지 못하고 있었다. 벤치가 마운드로 뛰었다.

"황!"

"황!"

내야와 외야가 운비 곁으로 모여들었다.

"황!"

스니커가 운비의 어깨를 잡았다.

"감독님……."

"괜찮나?"

"잠깐만요."

운비는 고통에 못 이겨 입술을 깨물었다.

"황!"

리베라가 끼어들었다.

"후우……."

숨을 고른 운비가 겨우 안면 근육을 풀었다. 통증이 조금 가신 것이다.

"괜찮나?"

스니커의 질문이 반복되었다.

"그럭저럭요."

"무리할 필요 없어. 그러니 솔직하게 말하게."

"솔직하게 조금 아픕니다. 하지만 공 던지는 데는 문제없어요."

"황……."

"자자, 다들 자리로 돌아가시죠."

운비가 일어섰다. 관중석에서는 격려의 박수가 쏟아져 나오고 있었다.

"정말 괜찮겠나?"

스니커가 다시 한번 확인했다.

"그럼 제가 실려 나가야 좋겠어요? 어깨 식기 전에 빨리 들어가시라니까요."

운비가 재촉을 받은 스니커가 마운드를 내려갔다. 홈 팬들의 박수가 한 번 더 쏟아졌다.

투아웃 만루.

사력을 다해 득점을 막았지만 위기는 여전히 진행형이었다. 그리고… 타석에는 리드오프 가드너가 들어섰다. 어깨를 움직이자 시린 느낌이 들었다.

here we go its getting close.

거의 다 왔어.

운비가 스스로에게 속삭였다.

가드너에게 날아간 초구는 벌컨 체인지업이었다. 가드너는 얌전히 기다렸다. 공이 존을 벗어나면서 원 볼이 되었다. 2구는 브레이킹 볼을 던졌다. 약간 낮게 떨어지면서 그 또한 볼 선언을 받았다.

볼카운트 2-0.

다시 숨을 골랐다. 오프 스피드 피치를 하면서 어깨의 긴장을 푼 운비. 3구는 작심한 포심을 꽂았다.

쾅!

156km/h에 RPM 2,600을 찍은 쾌속 패스트 볼이었다.

"황… 정말 최고의 스터프가 아닐 수 없습니다."

중계석도 놀라는 공이었다. 타구의 충격으로 컨디션이 떨어지나 싶었지만 건재를 과시한 것이다. 4구의 선택은 커터였다. 그 또한 총력 투구로 파울을 만들어냈다. 가드너의 방망이가 밀린 것.

5구.

그건 진정 운비의 존재감을 빛낸 투구였다. 또 한 번 커터가 들어왔지만 방금 전의 것과 달랐다.

154km/h 의 강공으로 가드너의 헛스윙을 이끌어낸 것이다.

"……!"

배트가 바람을 가를 때 가드너는 비로소 알았다. 방금 전 공을 의식하고 잔뜩 힘이 들어간 어깨. 그러나 그 공의 RPM 은 고작 1,500에 불과했다. 같은 커터에 완벽하게 타이밍을 뺏긴 것이다.

"스트럭아웃!"

주심의 콜이 춤을 추자 스탠드의 홈 팬들이 파도처럼 일어섰다. 운비는 천천히 마운드를 내려왔다. 만루에서 한 점도 주지 않은 에이스. 빛나는 존재감의 과시였다.

5회 말.

운비가 선두 타자로 나섰다. 세베리노의 슬라이더를 제대로 받아쳤지만 가드너가 펜스 앞에서 잡아냈다. 조금이 아쉬운 공격이었다. 뒤를 이은 인시아테의 공은 그레고리우스가 호수비로 걷어냈다.

투아웃!

그대로 이닝이 끝나려나 싶을 때 리베라가 한 방을 때려냈다. 카운트를 잡으러 들어오는 체인지업을 통타해 안타를 만들어낸 것.

투아웃 1루.

3번 타자는 스완슨이었다. 초구에 스트라이크를 먹고 2구에 파울을 내 0—2로 몰렸다. 3구는 바깥쪽으로 달아나는 투심. 그러나 그사이에 리베라가 뛰었다. 산체스가 2루로 공을 뿌렸지만 리베라의 슬라이딩이 기가 막혔다. 리베라는 발로 2루 베이스를 점령했다.

볼카운트 2—1.

스완슨은 파울 두 개를 쳐내며 카운트를 조절했다. 결국 3—2에서 들어온 슬라이더를 골라내며 진루에 성공하고 말았다.

두 명의 주자를 두고 프리먼이 들어섰다. 프리먼은 3구로 들어온 포심을 후려쳤다. 공은 투수의 키를 넘어 중견수 앞으로 날아갔다. 전력 질주한 엘스버리가 노 바운드 캐치를 노렸지만 공 하나만큼 미치지 못했다.

"빠졌습니다. 공이 뒤로 빠졌습니다!"

중계석의 홍분과 함께 1, 2루 주자가 모두 홈을 밟았다. 원 히트 원 에러로 두 점을 추가하는 브레이브스였다. 기세가 오른 브레이브스의 공세는 그것으로 끝나지 않았다. 프리먼에 이어 타석에 들어선 켐프가 초대형 사고를 친 것이다. 그가 당긴 초구는 스탠드 상단에 꽂히는 대형 홈런이었다.

"와아아!"

브레이브스 홈 팬들이 달아올랐다.

"우— 우— 우!"

그들만의 도끼질 응원이 시작되었다. 스코어는 5 대 1. 스코어도 스코어지만 마운드에는 운비가 있었다. 브레이브스 팬들에게는 그게 더 큰 위안이었다.

6회 초.

운비는 반격을 노리는 양키스의 숨통을 끊어버렸다. 2번 저지와 3번 멕케니에 이어 4번 엘스버리까지 삼자범퇴시켜 버린 것. 저지는 내야 뜬공, 멕케니는 삼진, 엘스버리는 2루수 라인 드라이브 아웃이었다.

7회도 그랬다. 할러데이와 산체스, 카스트로가 진루를 노렸지만 운비는 허락하지 않았다. 삼진 두 개를 추가하며 기염을 뿜은 것이다.

"황!"

"황!"

"Go go victory!"

홈 팬들의 함성이 면면이 이어지기 시작했다.

8회. 운비는 그레고리우스를 삼구 삼진으로 돌려세웠다. 총력전을 위해 들어온 불펜의 에이스 베탄시스는 투수 땅볼로 끝장을 내주었다.

8회 투아웃. 운비는 가드너와 맞섰다. 불펜은 6회부터 가동되고 있었다. 어쩌면 이 아웃 카운트가 마지막이 될지도 몰랐다.

'양키스……'

운비는 가드너의 유니폼을 바라보았다. 소년의 꿈이었던 메이저리그. 그중에서도 동경하던 팀이던 양키스. 그 소년이 자라 양키스의 꿈을 짓밟고 있었다. 거인의 동맥 하나하나를 끊어준 것이다.

저지를 잡았고 멕케니를 잡았다. 산체스를 잡고 할러데이를 눌렀다. 그리고 그들이 자랑하는 투수들… 다나카와 피네다, 그리고 사바시아… 한때는 존경과 공포의 상징이었던 위대한 선수들. 그러나 이제는 그들이 운비를 두려워해야 할 판이었다.

엄마…….

오랫동안 잊었던 이름을 되뇌었다. 그게 황운비의 엄마여도, 승우의 엄마여도 상관없었다. 소년이 이룬 꿈이 황운비의 꿈이어도, 승우의 꿈이어도 상관없었다.

중요한 건!

월드시리즈의 한가운데, 우승 트로피를 목전에 두고 있다는 사실이었다.

'고마워요.'

쾅!

초구는 대포알 포심으로 꽂았다. 무려 158㎞/h를 찍은 구속이었다.

'정말 고마워요.'

쾅!

2구 역시 대포알 커터였다. 가드너가 겨우 맞췄지만 배트만 박살 날 뿐이었다.

'후우……'

숨을 고른 운비가 스탠드를 바라보았다.

"와아아!"

홈 팬들이 열광하지만 소리는 들리지 않았다. 윤서 얼굴이 보였다. 박 감독 얼굴도 보였다. 그 외에도 운비만 아는 얼굴들이 상상으로 스쳐갔다.

'고맙습니다. 이 자리에 설 수 있게 해주서서.'

아랫입술을 지그시 깨문 운비의 3구가 날아갔다.

쾅!

가드너의 배트가 돌았지만 이번에는 공을 건드리지도 못했다. 157㎞/h에 RPM 3,002를 찍은 혼신의 위닝샷이었다.

"아!"

"아아!"

"오 마이 갓, 황……."

마운드를 내려오는 운비 걸음 사이로 중계석 신음이 흘러나왔다.

"3,002입니다. 3,002!"

해설자의 말은 비명에 가까웠다.

"맙소사, 마침내 황이 기록적인 RPM 3,000을 돌파합니다."

"아, 이거 믿어야 하나요? 가드너는 알면서 배트에 스치지도 못했습니다."

짝짝짝!

홈 팬들의 박수가 천둥처럼 쏟아졌다. 더그아웃 가까이 온 운비가 모자를 벗어 성원에 답했다. 박수는 8회 말 브레이브스의 첫 타자가 들어설 때까지 그치지 않았다.

존슨의 마무리도 빛났다.

첫 타자는 중견수 뜬공으로 해치우고 두 번째는 유격수 땅볼로 잠재웠다. 마지막 아웃 카운트는 리베라의 몫으로 돌아갔다. 그는 거의 움직이지 않은 채 월드시리즈의 마지막 아웃 카운트를 기록했다.

"와아아!"

브레이브스 팬들의 함성과 함께 선수들이 그라운드로 뛰었다. 존슨 위로 내야수가 겹치고 외야수도 겹쳤다. 더그아웃의 선수들은 운비를 끌고 나왔다. 그들이 마운드 앞에서 운비를 덮치자 존슨에게 포개져 있던 선수들이 그 위로 점프를 했다.

"월드시리즈 MVP는 황운비로 결정되었습니다. 시리즈 MVP 황운비!"

폼멜은 자신의 수상인 양 좋아 어쩔 줄을 몰랐다. 리베라는 맨 아래 깔린 운비를 구출해 냈다. 그런 다음 인시아테, 켐프와 힘을 합쳐 하늘 높이 헹가래를 쳤다. 좋았다. 너무 좋았다. 이대로 하늘로 날아갈 것 같은 기분이었다.

다음 헹가래는 코칭스태프였다. 감독부터 배터리 코치까지 하나하나 들어 올렸다.

"키힝!"

스탠드에서는 세형이 눈물을 훌쩍이고 있었다.

"자식, 울기는……."

철욱 역시 뜨거워진 눈시울을 감추며 세형을 나무랐다.

"역시 저놈은……."

박 감독도 먹먹해진 가슴을 숨기느라 바빴다. 단장의 축하를 받고 리사의 인터뷰를 마치고, 차혁래와의 인터뷰까지 마치자 윤서가 기다리고 있었다.

"엄마야."

그녀가 운비의 핸드폰을 내밀었다.

"엄마, 나 월드시리즈 먹었어요. 시리즈 MVP도 먹었어요!"

"장하다. 엄마는 네가 너무 자랑스러워."

"운비야."

이번에는 아버지 황금석이었다.

"아버지."

"정말 잘했다. 네가 내 아들이라는 게 믿어지지 않아."

"고맙습니다."

"아니야. 정말 축하한다. 정말 축하해."

바로 그때 운비 핸드폰에 문자가 들어왔다.

**─승우 친구 황운비, 월드시리즈 우승 축하한다. 앞으로도 최고의 투수
가 되어주렴.**

"……!"

문자를 본 운비는 말을 잇지 못했다. 곽민규의 문자였다.

─고맙습니다. 승우 몫까지 더 열심히 할게요.

문자를 보낸 운비, 그라운드가 터져라 목청껏 포효했다.

"우와아아!"

그 포효의 끝에 한 여자가 들어왔다. 마치 라이트를 켠 듯
주변을 밝히는 여자… 그제야 운비는 리린을 잊고 있다는 걸

알았다.

"리린……."

"운비 씨……."

"리린!"

운비는 성큼 달려가 리린을 품에 안았다.

"축하해요."

리린이 말했다.

"고마워요."

운비가 내려다보자 그녀가 토끼 발을 들었다. 천국의 향이 운비 입술에 들어왔다. 리린이 선물한 달콤한 키스였다.

우승 상금 각 5억 2천만 원.

어마어마한 돈다발을 안았다. 뿐만 아니었다. 운비에게 쏟아진 국내외 광고가 100여 편에 달할 지경이었다. 운비는 그들의 공세를 피하느라 행복한 비명을 질렀다.

보너스도 굉장했다. 옵션으로 걸어두었던 샤이닝 보니스만 해도 수백만 달러였다. 스칼렛도 광고를 찍게 되었다. 운비를 알아본 혜안 때문이었다. 그는 미국 유수한 기업의 강연에도 초청을 받았다. 회당 연설료만 해도 10만 불에 가까운 초특급 대우였다.

"첫 연설료는 소야고에 장학금으로 기탁하겠네."

스칼렛이 기염을 토했다.

"그럼 저도 월드시리즈 상금 절반을 내겠습니다."

운비와 스칼렛이 의기투합하자 언론은 또 한 번 뜨거워졌다. 거기에 리린과의 교제가 매스컴을 타면서 또 한 번 불을 지른 운비.

돈과 명예.

둘을 한 번에 움켜쥔 운비였다.

에필로그. 에이스의 귀환

신인왕 황운비!

결국 이 해의 신인왕은 운비 품에 안겼다. 끝까지 경합한 사람은 같은 팀의 리베라였다. 하지만 리베라는 운비의 벽을 넘지 못했다.

상 복이 터졌다. 그러나 행운은 아니었다. 운비의 피땀 어린 노력이 결실을 맺은 것이다. 덕분에 브레이브스의 BFP 프로그램은 각 구단의 첨예한 주목을 받았다.

하지만!

호사다마일까?

월드시리즈와 신인상의 감격이 다 식기도 전에 어두운 그림자가 운비를 덮쳤다. 월드시리즈가 끝나고 조금씩 시리던 어깨였다. 처음에는 그저 단순한 어깨 근육통으로 알았다. 물리치료를 받고 마사지를 받았다. 가끔은 괜찮아졌다. 그게 문제였다. 어깨 근육통으로 확신한 게 잘못이었다. 괜찮은 상태는 오래가지 않았다. 이따금 찜찜해지는 어깨였다.

'정밀 진단!'

팀 닥터의 의견이 나왔다. 이때까지만 해도 큰 걱정은 하지 않던 운비였다. 팔꿈치나 어깨의 피로감은 처음 겪는 일이 아니었다. 소야고에서도 그랬던 것이다. 하지만 검사 결과를 통보 받은 운비의 등골은 서늘하게 변했다. 우려하던 Dead arm이었다.

정확히 말하면 상부관절와순파열. 영어로는 SLAP, 즉 Superior Labral Anterior to Posterior로 불리는 부상이었다.

"……!"

구단도 운비도 충격의 도가니에 빠졌다. 이 부상은 어깨 회전이 많거나 머리 위로 팔을 들어 올리는 일을 반복적으로 할 때 많이 발생한다. 정확히 말하면 관절와순에 있는 섬유연골조직이 손상을 입은 것이다. 그러나 운비는 몰랐다. 이 부상은 흔히 어깨 앞쪽에 통증을 느끼게 마련. 포스트 시즌 동안 잊고 지냈던 부담이 때늦게 적색등을 켠 것이다.

이 부상이 심각한 건 흔한 토미 존 수술과는 차원이 다르다는 거였다. 토미 존 수술은 높은 확률로 재활이 되지만 SLAP은 딴판이었다.

소식을 들은 스칼렛은 노발대발했다. 그는 단장과 스니커의 집을 찾아가 엎어놓았다. 월드시리즈 제패를 위해 유망한 투수의 미래를 제물로 바쳤다는 것이다. 운비는 스칼렛을 말렸다. 등판 자원은 운비의 뜻이었다. 분명히 그랬다.

"허어!"

난장을 치고 온 스칼렛이 한숨을 쉬었다. 그의 집이었다.

"저는 많이 아프지 않다니까요. 곧 나을 거예요."

운비가 어깨를 움직여 보였다.

"그건 황이 아직 젊은 데다 의욕이 앞서서 그러는 거야."

스칼렛은 운비의 말을 일축했다.

"진단이 잘못되었을 수도 있잖아요? 생각보다 경미할 수도 있고……."

"그랬으면 좋겠네만… 후우……."

스칼렛의 한숨이 이어졌다.

"그렇게 심각한 건가요?"

"뭐 수술해서 재활에 성공하는 케이스도 많긴 하지만……."

"수술은 피할 수 없는 거로군요?"

"……."

"그럼 하겠습니다."

"황!"

"수술 받겠다고요."

"……."

"시즌도 끝났으니 몇 달 고생하면 되잖아요? 내년 스프링캠프 전에는 어떻게 되겠죠?"

"……."

"스칼렛."

"황!"

"예?"

"수술하세나. 미래를 위해서라도."

"고맙습니다. 저 금방 나을 겁니다. 저 강철 체력이잖아요?"

운비가 웃었다.

"그래야지."

스칼렛도 웃었다.

결국 이 해의 연말에 운비는 수술대에 올랐다. 언론은 또 한 번 뒤집어졌다.

올 한 해 최고의 활약을 보인 루키였다. 그런 그가 받는 수술이다 보니 피처들의 Dead arm이 또 다시 화제가 되었다. 동시에 브레이브스 코칭스태프가 도마에 올랐다. 언론이 일제히 비난의 화살을 퍼부은 것이다.

수술은 성공이었다.

하지만 수술대에는 운비 혼자 있었다. 한국의 부모님과 윤서에게도, 리린에게도 말하지 않은 수술이었다. 그들이 걱정할까 봐 수술 일자를 비밀로 한 운비였다. 대신 수술이 끝나자마자 바로 연락을 했다.

"아악, 운비 씨."

리린은 자지러졌다. 수술받는 병원에 비행기를 타고서라도 날아왔을 리린. 그렇기에 그 당혹함을 감출 수 없는 리린이었다.

"어쩌면 그럴 수 있어요? 누구 죽는 거 보고 싶어요?"

리린이 울먹였다.

"미안해요. 별로 큰 수술도 아니라서……."

"별거 아니긴요. 나도 인터넷 봐서 다 알아요."

"그거야 심각한 경우고 나는 경미한 거라서……."

"아, 운비 씨 정말……."

"수술도 간단하게 끝났어요. 내일이라도 등판할 수 있을 것 같은 걸요."

"지금 어디예요?"

"집이에요. 돌아온 지 벌써 3일이나 지났어요."

"거기 꼼짝 말고 있어요. 또다시 말없이 뭐라도 하면 그땐 정말 그냥 안 돼요."

리린의 폭풍은 그렇게 넘어갔다.

"……!"

황금석 부부도 놀라기는 리린과 다르지 않았다. 더구나 윤서도 한국에 들어온 상황이었다. 덕분에 죄 없는 윤서만 무지막지하게 깨지게 되었다.

"이제 재활만 하면 되요. 그러니 걱정하지 마세요."

운비는 오히려 부모님을 안심시켰다.

그날 오후, 리사와 차혁래가 찾아왔다.

"황!"

리사가 소리쳤다.

"으음, 둘이 너무 근접한 거 아닌가요?"

운비가 슬쩍 견제구를 던졌다. 두 사람의 견고한 팔짱 때문이었다.

"그러는 황은? 그 큰 선트러스트 파크에서 용감하게 키스까지 한 주제에."

리사가 반격했다.

"맞아."

차혁래가 지원사격에 나섰다.

"으음… 2 대 1로 해보시겠다?"

"뭐, 부러우면 장리린 부르던지."

차혁래가 선물을 내놓았다. 운비가 좋아하는 한국 식품들이었다.

"그나저나 왜요? 혼자 있을 때 염장지르려고요?"

운비는 소파 귀퉁이에 엉덩이를 걸쳤다.

"어깨는 어때? 수술은 잘되었다고 하던데?"

"당연히 잘되어야죠."

"하긴 나한테도 말하지 않았으니⋯⋯."

"빨리 나아야 스프링캠프 참가하잖아요. 이제 얼마 남지 않
았는데⋯⋯."

"⋯⋯."

"왜요? 못 할까 봐요?"

"그건 아니지만 무리할 필요는 없어. 일단 재활을 완벽하
게⋯⋯."

대답하는 차혁래의 표정이 어두웠다.

"내 어깨 아무렇지도 않다니까요."

"오케이. 아무튼 무리는 금물."

"아, 진짜⋯ 다들 왜 그렇게 걱정들 하시는지⋯ 나는 정말
내일이라도 공 던질 수 있을 거 같은데⋯ 아!"

가볍게 피칭 자세를 취하던 운비의 얼굴이 일그러졌다.

"괜찮아?"

차혁래가 다가왔다.

"괜찮아요. 조금 시큰⋯⋯."

"절대 무리하지 마. 의사가 시키는 대로 차근차근……."

"그건 걱정 말고요, 재료 가져왔으면 요리 만들어야죠."

운비는 차혁래를 다그쳤다.

자글자글!

차혁래가 만든 건 돼지고기 김치찌개였다. 적당히 익은 김치가 들어가 맛이 좋았다.

"흐음… 좋은데요?"

운비가 웃었다.

"많이 먹고 재활 성공!"

"걱정 마세요. 올해 월드시리즈 MVP도 내가 먹을 거니까."

"그래야지."

차혁래는 열심히 고개를 끄덕였다.

나흘 후, 리린이 날아왔다. 그녀는 윤서와 함께였다.

"야, 황운비 너!"

윤서는 운비를 만나기 무섭게 눈부터 흘겼다.

"왜?"

"너 때문에 엄마 아빠한테 무지막지하게 깨졌잖아? 왜 나한테도 얘기 안 한 거야?"

"왜 이러서? 구단에서 비밀리에 잡아준 날을 가지고."

"웃기시네. 내가 헤밍톤에게 다 알아봤거든."

"그럼 알면서 왜 묻는데?"

"하여간… 몸은 괜찮아?"

"보다시피."

운비는 윤서를 옆으로 밀었다. 그 뒤에 리린이 있는 까닭이었다. 리린은 사흘 후에 미국 공연이 예정되어 있었다. 그렇기에 매니저를 졸라 먼저 날아온 모양이었다. 운비가 그녀를 안았다. 마음이 푸근해져 왔다.

"수술 잘된 거 맞죠?"

"그럼요."

"컨디션 좋은 거 맞죠?"

"그럼요."

"나 걱정 안 해도 되지요?"

"그럼요."

"고마워요."

쪽!

그녀의 키스가 이어졌다. 그날, 월드시리즈 최종전처럼 달콤한 키스였다.

재활!

운비는 그 목표에 집중했다. 수술 이전의 어깨로 돌아가려는 것이다. 운비의 머리에는 커디 실링과 로크 클레멘스가 들어 있었다. 운비와 같은 부위를 수술 받고 재활에 성공해 전성기를 누린 선수들이었다. 구단은 전문 트레이너를 셋이나 붙여주었다. 전문화된 장비도 들여놓아 주었다.

운비는 하루도 빠짐없이 재활에 임했다. 어쩌면 한 번 더 맞이하는 BFP 프로그램이라고 생각했다. 그러는 사이에 스프링캠프가 코앞으로 다가왔다.

"무리하면 안 돼."

트레이너가 운비 앞에서 달력을 없애 버렸다. 꿈도 꾸지 말라는 의미였다. 결국 운비는 스프링캠프에 참가하지 못했다.

리베라와 블레어, 토모가 펄펄 날았다. 스완슨도 그랬다. 토모는 스프링캠프에서 3승을 올렸다. 승의 의미가 특별하지는 않지만 좋은 징조였다.

"이야, 재활 황제 황!"

빅 리그의 개막을 앞두고 리베라와 토모가 찾아왔다.

"웬일이냐?"

"내 신인왕 뺏어간 인간 염장 좀 지르러 왔지."

"흐음, 누가 들으면 진짠 줄 알겠네."

"어때?"

"당장에라도 등판 가능."

운비가 공을 들어 보였다.

"그럼 올해도 우리가 월드시리즈 제패하는 거 문제없겠군. 토모도, 블레어도 작년보다 낫거든."

"아주 내 자리 빼려는 태세구나?"

"그거 괜찮은 생각이네. 이참에 아예 감독님께 건의드려 볼까? 황이 없어도 우리는 문제없다고."

"리베라!"

"하핫, 조크야. 제발 빨리 좀 나아서 합류해라. 황이 없으니까 마운드가 텅 빈 거 같단 말이지."

"그래. 나 등판할 때까지 동부지구 1위 못 지키면 죽을 줄 알아라."

"알겠습니다."

리베라는 거수경례로 운비와 장단을 맞춰주었다.

새 시즌이 개막되었다.

시즌 초반 브레이브스는 잠시 삐걱거렸다. 내셔널스에게 스윕을 당하며 4위로 내려앉은 것. 하지만 토모와 테헤란의 분투로 다시 2위로 도약했다. 이제 선두 메츠가 사정권이었다. 시즌의 분위기는 살짝 변해 있었다. 초반부터 치고 나간 메츠의 기세가 무서웠다.

그 여름에 운비가 선발투수에 이름을 올렸다. 연습 투구와 실전 투구에서 이상 무를 선언받은 후였다. 운비는 내셔널스와의 3연전 1차전에 투입되었다. 운비가 마운드에 서자 홈 팬들이 열광을 했다.

결과는 좋지 않았다. 1번 타자는 뜬공으로 잡았지만 다음 타자부터 얻어맞았다. 결국 4회를 넘기지 못하고 마운드를 내려왔다. 3과 3분의 2이닝을 던진 운비는 5점을 내주었다. 2회에 1점, 3회에 1점, 그리고 4회에 볼넷과 몸에 맞는 공에 이어 홈런을 내준 것이다.

6일을 쉬고 메츠와의 2차전에 나갔다. 거기서도 3이닝 6점을 내주며 강판되었다. 최고 구속은 148㎞/h를 찍었지만 RPM이 좋지 않았다. 구속과 회전이 동반으로 하락하면서 지배자의 능력을 잃고 만 것. 게다가 볼넷도 세 개나 허용한 운비였다.

수술 부위를 점검하고 다시 재활에 임했다. 특별한 이상은 없지만 나아지지 않았다. 그립을 마음대로 긁지 못하는 운비였다.

브레이브스가 2위로 내려앉은 초가을, 다시 마운드를 밟았다. 결과는 참담했다. 2회를 넘기기 전에 5점을 헌납하고 만 운비였다.

다음 날 병원을 찾아 정밀 진단을 받던 운비에게 절망적인 선언이 떨어졌다. 부상 부위의 섬유연골조직이 손상되었다는 통보였다.

이제는 수술로 어쩔 수 없으니 조직이 정상으로 재생되기를 기다려야 한다는 말이었다. 선수 생명에 대해 사형선고에 가까운 통보였다.

"……!"

운비는 말없이 병원을 나왔다. 지난해에는 지나가던 시민도 반가워하던 운비. 그러나 이제는 모두의 눈빛이 냉랭해 보였다.

브레이브스는 끝내 가을 야구에 나가지 못했다. 시즌 말미에 메츠와의 3연전을 포함해서 당한 5연패가 치명적이었다. 토모와 블레어, 테헤란 등이 분전했지만 마운드의 중심 역할을 하던 운비의 빈자리를 채우지 못했다. 브레이브스는 동부지구 2위로 시즌을 마쳤다.

가을 야구는 메츠의 몫이었다. 신구의 조화를 이룬 메츠는 지역 라이벌 내셔널스를 누르고 챔피언시리즈에 나갔다. 그들은 결국 월드시리즈까지 진출했다. 기세는 좋았다. 새롭게 바뀐 승률 높은 팀의 홈 개막전을 등에 업고 2연승을 내달렸다. 하지만 뒷심이 약했다. 이후 4연패를 당하며 4승 2패. 월드시리즈 제패의 위엄은 아메리칸리그를 대표하는 에스트로스에게 넘겨주고 말았다.

그 잔치에 브레이브스는 없었다. 마지막에 아깝게 분루를 삼킨 전년도 패자 브레이브스. 슬슬 잊혀져 가는 이름처럼, 운비도 빅 리그에서 잊혀지기 시작했다.

그사이에도 운비의 몸부림은 계속 되었다. 하지만 효과는 없었다. 구속은 점점 떨어졌고 RPM 역시 고교 투수급으로 무너졌다.

연말이 되었다.

성탄 이브를 맞아 리베라의 초청이 있었다. 운비는 식사만 하고 돌아왔다. 형제 같은 리베라지만 밤새 웃고 떠들 기분이 아니었다.

집으로 돌아온 운비는 침대 가운데 놓인 테니스공을 보았다. 엊그제 치웠던 것, 윤서가 다시 사온 모양이었다.

"이까짓 것!"

속상한 마음에 확 쓸어 버렸다. 운비는 분명 최선을 다했다. 빅 리그에서도 그랬고 재활에서도 그랬다. 그럼에도 시련을 넘어서지 못했다. 아니, 시련은 오히려 더 큰 재앙이 되어 운비에게 돌아왔다. 이제는 선수 생명까지 위협하고 있는 것이다.

왜?

운비는 참담했다. 미치도록 그랬다.

구단과의 계약은 4년. 내년에도 마운드에 서지 못하면 야구를 내려놓을 판이었다. 한 해 반짝한 부상 투수를 영입할 구단은 어디에도 없었다. 이미 징조가 있었다. 구단은 운비의 방출을 고려하고 있었다. 그 결정이 해가 넘어가기 전에 나올 거라는 보도도 있었다.

'단 한 해……'

침대에 앉아 고개를 저었다. 단 한 해를 위해 불타오른 거라면 아쉽고도 아쉬운 일이었다. 어렵게 이룬 꿈이기에 더욱 그랬다. 운비의 시선에 게임기가 닿았다. 운비를 꿈의 세계로 이끌어준 게임기… 운비와 세형의 소원을 들어준 게임기…….

"……!"

그러다 운비의 머리에 불이 환하게 들어왔다. 악, 비명도 나왔다.

"왜 그래?"

윤서가 들어왔지만 그냥 내보냈다. 운비는 문을 잠그고 게임기를 두 손으로 잡았다. 온몸이 떨렸다. 가만히 그날을 떠올렸다. 맨 처음… 게임기가 작동되던 순간. 그리고… 그로부터 일 년 후에 재작동되던 순간… 그리고 그때 게임기에서 흘러나온 멘트…….

[당신에게 배당된 마지막 게임은 3년 후 그 해의 크리스마스 이브날, 딱 한 번의 찬스로 시도가 가능함을 알려 드립니다.]

크리스마스 이브.

오늘이었다.

손가락으로 햇수를 짚어보았다. BFP에서 1년, 빅 리그에서 1년, 그리고 부상 후 1년…….

3년 후가 맞았다.

'오케이!'

떨리는 마음을 안고 나머지 말을 상기했다.

[단, 랜덤 찬스이기에 게임기의 작동은 보장할 수 없습니다.]

운비는 달력을 보았다. 시간은 11시 28분. 자정이 되기 전이 니 아직 이브가 맞았다.

랜덤 찬스……

그게 마음에 걸렸다. 게임기 작동이 보장되지는 않는다는 것. 운비는 떨리는 손을 게임기의 On Off 위로 가져갔다. 심호흡을 하고 On으로 밀었다.

"……!"

불이 들어오지 않았다.

"……"

마음 속에서 바람이 쏙 빠져나갔다. 되지 않는 모양이었다.

'아아!'

한숨이 나올 때였다. 삐빗하는 소리와 함께 게임기에 불이 들어왔다. 동시에 방 안에 어둠이 찾아왔다.

"……!"

운비는 숨이 멈출 것 같았다. 불이었다. 모든 포지션에서 빨 간 불이 깜빡이고 있었다. 게임기가 작동된 것이다.

[플레이어 황운비에게 부여된 마지막 이벤트를 시작합니다. 준비되었습니까?]

게임기에서 멘트가 흘러나왔다. 운비가 그토록 고대하던 아 릿한 목소리였다.

"예!"

[시도는 단 한 번만 유효합니다. 안타 이상을 치면 새로운 스킬을 선택할 수 있습니다. 준비하세요.]

"……."

[시작합니다.]

멘트와 함께 투수판에 불이 들어왔다. 운비는 모든 정신을 배터 버튼 위에 쏟아부었다. 기회는 단 한 번, 한 번뿐이었다.

'스위트 스폿…….'

운비는 빨간 점을 공으로 생각했다. 그저 대충 눌러서 될 일이 아니었다. 공의 타이밍을 고려한 끝에 버튼을 눌렀다.

따악!

공 맞는 소리가 들렸다. 공은 3루수를 뚫고 좌익수 앞으로 굴러갔다.

[플레이어 황운비, 안타가 나왔습니다. 스킬을 선택할 수 있습니다.]

멘트와 함께 게임기 위로 홀로그램이 섰다. 그때 보았던 그 영상이었다. 운비의 가슴이 부서질 듯 떨렸다. 이걸 다시 만날 수 있다니…….

스킬1: 타조의 신성 시력 부여
스킬2: 기적의 30% 체력 회복력
스킬3: 컴퓨터 제구력 30% 향상

스킬4: 거미줄 수비망 30% 확장

스킬5: 순간 파워 홈런 20% 증가 옵션

스킬6: 찰고무 민첩성 20% 향상

스킬7: 골리앗 장타력 20% 향상

스킬8: 치타의 순간 주력 20% 향상

스킬9: 용수철 점프 능력 20% 옵션

스킬10: 빨랫줄 도루 저지력 20% 향상

무엇을 선택해야 할까? 무엇을 선택해야 재활에 성공해 마운드에 설 수 있을까? 기적의 체력 회복력과 찰고무 민첩성을 보다 고개를 돌렸다. 그걸로 해결될 것 같지 않았다. 운비의 시선은 그 아래의 스킬들에 닿았다.

세부 스킬1: 플라라니아 옵션―(Next)

세부 스킬2: 포지션 전향 옵션―(Next)

세부 스킬3: One+One 옵션―(Next)

3번 스킬은 이미 사용했다. 2번의 포지션 전향 옵션은 생각할 가치가 있었다. 야구를 할 수만 있다면 포지션 전향도 상관없었다. 소야고에서는 타격도 준수했던 운비였다. 메이저리그에서도 투수가 타자로 전향해 성공한 케이스가 많았다. 그렇기에 최악의 경우라면 타자 전향도 받아들일 각오가 되어 있었다.

'그런데……'

운비의 시선이 1번 스킬로 옮겨갔다.

플라나리아 옵션!

이건 뭘까? 아무리 생각해도 감이 오지 않는 스킬이었다.

"세부 스킬1은 뭐죠? 정보를 알려줄 수 없나요?"

운비가 물었다.

[세부 스킬1은 부상 회복 스킬입니다. 현재 몸에 있는 부상을 없애주지만 다른 특별한 능력치의 상승은 동반하지 않습니다.]

"……!"

부상 회복 스킬.

그 말을 들은 운비의 시선이 벼락처럼 솟구쳤다. 그거야말로 운비가 원하던 그 스킬이었다.

"세부 스킬1을 원합니다."

운비의 선택에는 주저가 없었다.

[세부 스킬을 선택하면 이전 스킬들은 사라집니다. 그래도 좋나요?]

이전 스킬들…….

타조의 신성 시력으로 발현되는 매직 존과 기적의 체력 회복력 30%. 굉장한 능력이지만 그게 없다고 투수를 못 할 건 아니었다.

"세부 스킬1을 원합니다."

운비의 선택은 변하지 않았다.

[알겠습니다. 세부 스킬1을 선택하셨습니다.]

멘트와 함께 오렌지 빛이 운비 어깨로 들어왔다. 어깨가 몽롱해지는 느낌이었다.

[스킬은 24시간 후에 발현됩니다. 이상입니다.]

멘트가 사라졌다. 동시에 게임기의 불도 꺼졌다.

후웅!

아련한 바람 소리와 함께 운비는 침대에 쓰러졌다. 깜깜한 어둠 속에서 빛이 보였다. 어깨였다. 오렌지 빛깔의 불덩이가 어깨 안에서 타고 있었다.

불덩이는 점점 번져 근육 속의 미세 근육 안으로 치고 들어갔다. 불은 이내 연골에 옮겨 붙었다. 어깨가 녹아내리는 것 같았다.

'악!'

비명을 질렀지만 나오지 않았다.

"……!"

얼마나 지났을까? 운비가 눈을 떴을 때는 병원이었다. 눈앞에는 스칼렛과 윤서, 리베라가 와 있었다.

"병원?"

운비가 상체를 세웠다.

"그냥 있어."

운비를 달래는 윤서의 눈에 눈물이 고였다.

"내가 왜 여기?"

"바보야. 아프면 말을 하지. 나는 네가 늦잠 자는 줄 알고 그냥 있었잖아?"

"누나?"

"이틀이나 잤어. 엄마 아빠도 내일 도착하실 거야."

"누나……."

"황, 너무 애쓰지 말게. 자넨 아직 젊거든."

스칼렛이 위로의 말을 전해왔다. 그때 스니커와 헤밍톤이 들어섰다. 그들 손에는 봉투가 들려 있었다.

"감독님!"

"괜찮나?"

운비의 말에 스니커가 대답했다.

"예… 그런데 그 봉투는……."

"내 사표일세."

"예?"

"황을 이렇게 만든 거 내 책임이잖나? 이제 야구 그만두고 아내의 고향 캐나다로 돌아가 연어 낚시나 하려고."

스니커가 쓸쓸히 웃었다. 운비가 마운드에 나서지 못하면서 모든 비난을 뒤집어쓰던 스니커였다. 그가 팀의 감독이기 때문이었다.

"감독님."

"자넨 내가 아는 가장 위대한 선수였네. 그 위대한 선수와 함께 세인들의 예상을 깨고 월드시리즈를 제패한 거, 평생 잊지 않을 걸세."

"감독님."

"캐나다에 오면 언제든 연락하게. 밤을 새워서라도 모시러 갈 테니."

스니커의 말을 들으며 운비는 어깨는 들썩거렸다. 이틀… 이틀이 지났다면 게임기의 마법이 발현되었을 일이었다. 그렇다면……

그렇다면…….

"감독님."

"말하게."

"캐나다 말고 지금 저를 한 번만 '모셔'주시겠습니까?"

"황?"

"구단 연습장으로요."

"황!"

"제 마지막 부탁입니다. 사표는 그다음에 내시면 될 것 같습니다."

"연습장에서 뭘 하려고?"

"가보시면 압니다."

운비가 잘라 말했다. 운비의 눈빛은 마운드 지배자의 그것으로 돌아와 있었다. 오랜만에 에이스의 눈빛을 본 스니커, 차마 그 눈빛을 피하지 못했다.

"레오!"

가는 길에 레오에게 전화를 걸었다.

"미안하지만 부탁이 있어요."

레오는 기꺼이 운비의 청을 들어주었다. 연말의 연습장은 텅 비어 있었다. 운비의 차가 서자 스니커의 차량도 그 뒤에 멈췄다. 레오는 이미 나와 있었다. 그의 집이 가까운 탓이었다.

"레오!"

레오를 본 스니커가 소스라쳤다. 그가 포수 장비를 들고 있었기 때문이었다. 스칼렛이 운비를 돌아보았다.

"황."

"아아, 별거 아니에요. 몸 좀 풀어야 하니까 다들 좀 쉬고 계세요."

"황!"

"글쎄 그냥 구경만 해주시라니까요."

운비가 옷을 갈아입는 사이에 레오는 콜라는 준비했다. 단숨에 들이킨 운비가 레오에게 속삭였다.

"부탁해요."

"물론. 하지만 나도 잘릴 각오 해야겠는데?"

"괜찮아요. 만약 일이 잘못되면 스니커가 사표낼 거거든요. 사표 내는 마당에 레오를 자르진 않겠죠."

"잘되면?"

"잘되면 자를 이유가 없지 않나요?"

"반가워."

"뭐가요?"

"그 무데뽀 긍정… 오늘 확실히 다른데? 마치 포스트 시즌 때의 황 같잖아?"

"그거 아세요?"

"뭐?"

"투수는 표정보다 공이 달라야 한다는 거."

운비가 앞서 달리기 시작했다.

"그거 알아?"

레오가 따라붙으며 말했다.

"뭔데요?"

"포수는 투수의 분위기에서 공을 느낀다는 거."

"오늘 저 어떤데요?"

"글쎄… 얼마 전까지만 해도 에이스의 공은 아니었지. 그런데 오늘은 뭔가 달라 보인단 말이야? 그때 있잖아? 작년 월드시리즈 때 연투를 마다하지 않던 브레이브스의 진정한 에이스……."

"직진 황운비!"

"맞아. 우승을 위해 오직 직진. 그 향기가 난단 말이지."

"흐음. 기대가 큰데요? 레오는 거짓말을 하는 사람이 아니니……."

운비가 속도를 높였다. 레오는 가뜬한 호흡으로 운비와 보조를 맞췄다. 스트레칭이 이어졌다. 짧은 토스도 하고 롱 토스도 했다. 그렇게 예열이 된 후에야 운비는 유니폼을 꺼내 입었다.

등번호 88번.

신인상을 타고 월드시리즈 MVP를 먹었던 그 유니폼이었다. 환호하는 팬들 앞에서 당당하던 그 유니폼…….

"황!"

침묵하던 스니커가 입을 열었다.

"그냥 보기만 하세요."

"이럴 필요 없네. 자넨 나를 만난 게 불운이었을 뿐이야."

"그건 마치 제 선수 생명이 끝났다는 말씀 같은데요?"

"황……."

"잠깐만 구경해 주세요. 저를 그 어느 한때라도 에이스로 생각하셨다면……"

"……"

스니커는 결국 벤치로 돌아오는 수밖에 없었다.

운비는 레오를 바라보고 있었다. 바람이 나붓거리며 머리카락을 들어 올렸다. 짧고 굵었던 영욕의 순간들이 스쳐갔다. 구장에는 사람들이 하나둘 모여들었다. 인시아테와 리베라가 연락한 모양이었다. 카브레라와 스완슨, 필립스 등이 그들이었다.

미련……

운비를 보는 모두의 시선은 애달팠다. 꿈만 같았던 월드시리즈의 순간들.

그 순간을 책임졌던 에이스 황운비. 이제는 퇴물로 취급받는 그의 투구. 어쩌면 이렇게라도 추억을 밟으며 떠나갈 위로가 필요하다고 생각한 것이다.

하지만, 그들의 생각은 모두 틀렸다. 아니, 적어도 공 다섯 개까지는 모두 맞았다. 레오에게 꽂힌 5개의 공은 그저 그랬다. 포심은 140㎞/h를 찍었고 체인지업은 밋밋했다. 저 정도라면 싱글 A에서도 통하지 않을 위력에 불과했다. 리베라는 결국 돌아서서 눈물을 삼켰다.

그러나 6구. 부드러운 킥킹으로 날아간 6구가 모두의 헐링

함을 날려 버렸다.

쾅!

미트 소리부터 그랬다. 레오는 미트가 부서지는 줄만 알았다. 손바닥뼈가 박살 나는 줄만 알았다. 작심하고 날아온 운비의 공은 무려 159㎞/h였다.

"황!"

놀란 레오가 벌떡 일어섰다.

"아아, 이제 시작이거든요."

운비는 2구를 조준했다. 운비의 트레이드 마크인 커터였다. 홈 플레이트까지는 위력적인 포심이었다. 거기서 각을 만든 커터가 미친 듯이 휘었다.

쾅!

레오의 미트는 또 한 번의 굉음을 냈다.

"황!"

레오는 공을 받은 채 움직이지 못했다. 움직이지 못하는 사람은 레오만이 아니었다.

"황……."

스니커는 부들부들 떨고 있었다. 헤밍톤은 아예 무너졌다. 둘은 손목 살점을 쥐어뜯어 보았지만 아프기만 했다. 이 장면은 명백한 현실이었다.

쾅!

쾅!

그 사이에 운비의 포심과 커터는 번갈아가며 천둥을 울렸다. 죄다 155km/h 이상을 찍는 스피드였다.

"Oh my god, perfect resurrection!"

리베라가 소리쳤다.

"우!"

스완슨의 입에서는 주체할 수도 없는 탄식이 새어나왔다.

"감독님!"

비로소 운비가 스니커를 돌아보았다.

"이래도 사표 내실 겁니까?"

"황……."

"저랑 같이 월드시리즈 한 번 더 품으셔야죠."

"황……."

"그 사표 당장 찢어주시겠습니까? 구단주가 받아들이지 않으면 저도 짐 싸서 다른 구단으로 가겠습니다."

운비의 손이 봉투를 가리켰다.

"황… 대체……."

"감독님과 함께하고 싶다는 염원이 통한 거 같습니다. 푹 자고 났더니 어깨가 그때로 돌아갔어요. 아니, 더 싱싱해졌다고 해야 하나……."

"황……."

"우아앙, 운비야!"

윤서가 스니커를 제치고 안겨왔다.

"황……."

"헤이, 감독님이 못 믿는 모양인데 내가 검증해 주지. 한판 어때? BFP 때처럼 말이야."

리베라가 배트를 들고 나섰다.

"오케이. 올해 연봉 대폭 올랐다던데 한 장 어때?"

"그건 너무 크지 않나?"

"대신 내가 이기면 네 이름으로 내 모교 소야고에 장학금으로 기탁해 줄게."

"내가 이기면 네 이름으로 쿠바의 고교에 기탁하고?"

"물론."

"그렇다면야……."

리베라가 헬멧을 쓰며 전의를 불태웠다. 곧 즉석 투타 대결이 진행되었다. 헤밍톤이 즉석 주심을 맡았다. 참석자들은 흥미진진한 대결을 주목했다.

"1구는 커터다."

운비가 공을 예고했다.

"헤이, 너무 오버 말라고. 나 올해 NL 타격 2위야."

"알고 있어 AVG 0.348."

"오냐. 똥배짱이 두둑한 걸 보니 점점 기대가 된다."

벼르는 리베라에게 커터가 날아갔다.

짝!

리베라의 방망이가 돌았지만 파울이 되었다. 물론 배트는 두 동강으로 갈라진 후였다.

"……!"

리베라는 간담이 서늘해지는 걸 느꼈다. 원래도 위력적이던 운비의 커터. 그러나 1년 넘게 재활에 매달린 상황. 그럼에도 컨디션이 좋은 날 마운드에 선 에이스 그 이상의 공이었다.

"이번에는 체인지업."

다시 예고였다. 공은 예리한 각을 이루며 떨어졌다. 리베라가 스윙을 했지만 스치는 데 만족할 뿐이었다.

"마지막은 포심이다. 삼구 삼진 안 먹으려면 정신 바짝 차려라."

"헤이, 그건 안 될 말이니까 꿈 깨서. 내가 한 방 제대로 먹여줄 테니까."

"할 수 있다면 해봐."

말과 함께 운비의 3구가 날아갔다.

부욱!

리베라의 배트도 돌았다. 궤적을 정확히 편 배팅이었다.

하지만 임팩트 순간 리베라는 손목이 헐렁해지는 걸 느꼈다. 공이 궤도에서 멋대로 이탈한 것. 그야말로 크레이지 무빙 볼이었다.

"……!"

빽!

리베라는 굉음과 함께 헛스윙을 하고 말았다.

"스트라이크아웃!"

헤밍톤의 주먹이 피스톤처럼 허공을 찔러댔다. 삼구 삼진. 리베라는 충격을 먹고 할 말을 잃었다. 삼진 때문이 아니었다. 159㎞/h를 찍은 스피드에 미친 볼 끝. 그건 방출이 예고된 버림받은 투수의 공이 아니었다. 포스트 시즌을 파죽지세로 밀어붙이던 에이스. 바로 그 에이스의 공이었다.

"황!"

배트를 집어 던진 리베라가 소리쳤다. 그는 미친 듯이 달려 운비에게 안겼다.

"크하핫, 우리 에이스가 돌아왔구나. 돌아왔어!"

"어어, 왜 이래? 이런다고 내기가 무효되지는 않거든."

"오냐, 한 장 주마. 황이 돌아오는데 그깟 한 장이 문제냐?"

리베라는 운비에게서 떨어지지 않았다.

짝짝짝!

뒤쪽에서 박수 소리가 들렸다. 구단주와 단장 하트의 박수였다. 운비와 스니커가 있다는 소식을 듣고 와본 참에 낭보를 보게 된 것이다.

"스니커!"

구단주가 다가가 스니커 손에서 봉투를 받았다. 그는 그 자리에서 그걸 찢어버렸다.

짝짝짝!

스칼렛이 박수를 시작했다. 박수는 전염병처럼 모두의 손으로 옮겨갔다. 운비와 스니커의 복귀를 축하하는 박수였다. 부상으로 방출 위기에 몰렸던 에이스 황운비. 지난해 리그를 지배하던 에이스의 화려한 귀환이었다.

"와아아!"

"와아아!"

스프링캠프 개막전.

운비는 마운드에 있었다. 관중들의 환호는 열렬하다 못해 자지러졌다. 마운드의 운비에게도 만감이 교차했다. 지난 해, 운비는 암흑 속에 있었다. 마이너와 빅 리그를 오가며 부활에 힘썼지만 결과는 참담했다. 지난 시즌 운비는 빅 리그 여섯 게임에 출장했다. 3패에 ERA는 14.35였다.

평상시에는 큰 문제가 없는 어깨. 그러나 등판하면 딱 한 뼘씩 빗나가던 운비였다. 제구가 그랬고 구속이 그랬고 RPM이 그랬다. 그 우려는 연말 성탄절을 기해 사라졌다. 어쩌면 산타의 선물이었다.

운비는 끝내 부활했다. 재활이 아니고 부활이었다. 스니커에게 투구를 선보였던 운비, 수많은 전문가들 앞에서 공개 피칭을 감행했다. 결과는 다르지 않았다. 황운비의 시대가 끝난 것으로 알았던 야구 전문가들은 그 자리에서 모두 뒤집혔다. 끝이 아니라 시작이었다. 운비의 어깨는 오히려 더 싱싱하게 거듭난 것이다.

우려를 일축하고 맞춤형 트레이닝을 시작했다. 조금 상향된 어깨를 위한 구단의 배려였다. 에이스의 부재로 아쉽게 포스트 시즌을 접은 지난해. 그 아쉬움을 떨치려는 과감한 투자였다. 그 과정이 끝나자 브레이브스는 공개 선언을 했다.

"브레이브스의 제1선발은 황운비."

그 선언은 흔들림조차 없었다.

그리고……

마침내 운비는 스프링캠프의 개막전에 섰다. 1년간 많이 등판하지 못한 운비였다. 그렇기에 브레이브스 스프링캠프의 지상 과제는 운비의 실전 감각 향상이었다. 그를 위해 특단의 조치도 취했다. 그 조치가 지금 운비 눈앞에 있었다.

'레오……'

조치의 실체는 레오였다. 불펜 전담 포수를 맡았던 레오를 로스터에 올린 것이다. 그건 운비의 요청이기도 했다. 하지만 다른 투수들도 일제히 반색을 했다. 레오라면, 타격은 조금 떨어지지만 투수의 능력을 극대화시키는 능력의 소유자였기 때문이다.

"황!"

게임이 시작되기 전 레오가 마운드로 뛰어왔다.

"왜요?"

운비가 웃었다.

"하핫, 그냥 좋아서… 다른 포수들도 가끔 이렇게 하잖아?"

"더 좋은 게 뭔 줄 알죠?"

"그야 당연히 경기를 지배하는 거지."

"레오의 빅 리그 데뷔전이네요?"

"아직 빅 리그는 아니고……."

"이제 시작이에요. 저랑 시즌 액티브 로스터에도 함께 들자고요."

"그럴까?"

"시작합니다."

운비가 주먹을 내밀었다. 레오는 자기 주먹을 운비 주먹에 맞췄다. 그의 눈동자도, 운비의 데뷔전 날처럼 이글거리고 있었다.

운비의 복귀전과 레오의 데뷔전.

둘은 이날 펄펄 날았다. 스니커는 스프링캠프치고는 이례적으로 운비를 7회까지 밀고 나갔다.

기록도 좋았다. 이날 운비는 단 1안타에 볼넷 하나를 내줄

뿐이었다. 최고 구속은 160㎞/h를 찍었고 RPM은 2,800까지 올렸다. 레오의 리드도 기가 막혔다. 경기 장악력과 타자의 의표를 찌르는 리드는 흠이 없었다. 게다가 4회에는 2루로 뛰는 주자까지 멋지게 잡아낸 송구를 뽐내는 레오였다. 운비와 레오는 7회까지 막아내고 나란히 교체되었다.

'낙점.'

스니커는 비로소 결단을 내렸다. 이 경기부터 레오는 운비의 전담포수로 등극하게 되었다. 다섯 번의 시범 경기에 나갔다. 3승 무패에 ERA 0.74를 찍었다. 우려 섞인 시선이 남아있던 MLB의 눈길이 달라졌다.

〈황운비 퍼펙트 부활〉
〈올 시즌 가장 강력한 사이영상 후보〉

전문가들의 갈림이 앞다투어 뽑아낸 타이틀이었다. 이유가 있었다. 운비는 리그 최정상급 커터를 구사하는 것으로 알려진 투수. 루키 때 던지던 커터만 해도 위력적일 판에 커터가 진화를 거듭한 것이다.

─종전 커터 평균 구속 152㎞/h 평균 RPM 1,560. 최고 구속 158㎞/h 최고 RPM 2,920.

─현재 커터 평균 구속 156㎞/h 평균 RPM 1,660. 최고 구

속 160km/h 최고 RPM 3,002.

전문가들이 제시한 근거였다. 얼핏 보면 큰 변화가 없었다. 구속은 2~4km/h 차이였고 RPM 또한 100 내외의 변화였다. 하지만 그게 무서웠다. 운비의 커터는 그 이전에도 위력적이었기에 약간의 차이가 엄청난 결과를 만들어낸 것이다.

―언히터블.

―24승에 ERA 1점대 초반.

전문가들의 공통된 전망이었다.

*   *   *

개막전을 앞두고 스니커와 헤밍톤 등의 코칭스태프들이 구단 사무실에 모였다. 하트 단장도 자리를 함께하고 있었다. 테이블에는 투수들의 자료가 널려 있었다. 앞쪽의 대형 화면에는 최근 2주 간의 투구 성적과 컨디션이 떠올랐다.

올해 브레이브스는 홈 개막전으로 시즌을 열게 되었다. 상대는 작년도 내셔널리그 패자 메츠였다.

"스니커!"

콜라 잔을 들 하트가 입을 열었다.

"말하시죠?"

스니커의 손에도 콜라 잔이 들렸다.

"아까부터 테헤란의 자료를 보고 있던데……."

"선발투수의 컨디션을 점검하는 건 헤드 코치의 일 아닙니까?"

"그래서 누굴 낙점한 겁니까?"

"설마 단장께서 선발투수 기용까지 관여하려는 건 아니겠죠?"

"절대 아니죠. 하지만 궁금해서 견딜 수가 있어야죠."

"그게 아니고 자랑하고 싶어서 그러는 거 아닙니까?"

"나참……."

하트의 손은 조바심에 젖어 소파 손잡이를 두드려댔다.

"개막전은 아주 중요하죠. 올 한 해 농사의 잣대가 될 수도 있고……."

"홈 팬들에 대한 서비스도 고려해야 하고……."

헤밍톤도 넌지시 끼어들었다.

"그래서요, 대체 누굴 기용하려는 겁니까?"

"아직 몰랐습니까?"

"스니커!"

"우린 처음부터 정하고 있었습니다만."

스니커가 콜라 잔을 들어 보였다.

"콜라? 그럼 역시 황?"

"당연하죠. 다들 우수한 선수지만 겨울 내내 야구를 기다려온 브레이브스 팬들에게 황만 한 서비스가 또 어디 있겠습니까? 게다가 황의 가세로 우리 브레이브스가 다시 가을 야구 진출팀으로 꼽히고 있으니⋯⋯."

"스니커!"

다혈질 하트가 벌떡 일어나 스니커를 안았다.

"아아, 늙은이를 안아봤자 홀아비 냄새만 날 테고⋯ 나가서 여기자들이라도 맞아주시오. 우리 선발은 당연히 황, 나서는 거 좋아하니 나랑 같이 인터뷰합시다."

"땡큐! 리얼리 땡큐!"

하트는 남은 콜라를 원샷하고 회의실을 나갔다.

잠시 후 기자회견이 열렸다. 하트와 스니커가 그들 앞으로 나섰다.

"홈 개막전 선발투수는 누구입니까? 황입니까?"

리사와 기자들이 물었다.

"Sure, 그는 우리의 에이스니까요."

황운비!

스니커와 하트가 합창으로 대답했다. 마침내 홈 개막전에 선발로 내정되는 운비였다.

*   *   *

4월 3일!

홈 개막전의 아침이 밝았다. 운비는 다시 루틴으로 돌아가 있었다.

고난의 1년 동안 다소 흐트러졌던 루틴. 그러나 스프링캠프에서 갈고 닦으면서 예전의 모든 것을 회복해 있었다.

공을 잡았다. 누운 채 천장에 던졌다. 딱 100개를 던지고 일어났다. 핸드폰은 보지 않았다. 팬들을 무시해서가 아니었다. 운비가 바꾼 딱 하나의 루틴이었다.

'경기가 끝난 후에 확인.'

조금 더 야구에 몰입하기 위한 조치였다. 그건 경험으로 얻은 진리였다. 부상으로 헤매던 몇 게임 동안 운비는 엄청난 악플에 시달렸다.

─짜식, 어린놈이 설치더니 결국······.

─연예인하고 사귈 때부터 알아봤다.

─딱 1년짜리였구만.

─찌질아, 넌 끝났어. KBO로 와라.

─방출 1순위ㅋㅋㅋ.

─니가 재활에 성공하면 내 손에 장을 지진다.

선플을 볼 때는 좋았다. 하지만 악플은 깊은 상처를 남겼다. 무엇보다 댓글 하나하나에 좌우되는 기분이 싫었다.

빵·빵!

크락션이 울렸다. 차의 주인공은 레오였다. 그가 운비를 '모시러' 온 것이다. 그 옆에는 인시아테의 차가 있었다. 그는 물론 윤서를 모시러 왔다.

"레오!"

운비가 가방을 메고 나왔다.

"이러지 않으셔도 되는데……."

운비가 웃었다.

"알아. 오늘만이야. 나 혼자 다니면 팬들이 못 알아보잖아? 하지만 황하고 다니면 아, 저 사람이 오늘 선발 포수구나 하고 금방 알아보니까."

레오의 말은 순박했다. 악의라고는 전혀 없는 그였다.

"레오……."

"타시죠. 개막전 선발투수님."

레오가 조수석을 가리켰다. 운비는 가방을 뒷좌석에 던져놓고 자리에 올랐다.

부릉!

레오의 차가 출발했다. 경쾌한 시동이었다.

"와아아!"

팬들은 이미 오래 전에 만석을 이루고 있었다. 군데군데 운비를 응원하는 피켓들도 보였다. 다른 경기보다 한국인 팬들도 늘었다. 더 놀라운 건 운비 티셔츠였다. 그걸 입은 사람이 부지기수였던 것.

시구는 전년도 아카데미 여우주연상을 받은 여배우가 맡았다. 한국처럼 섹시한 유니폼을 입은 건 아니지만 제대로 스트라이크존에 공을 뿌렸다.

"황!"

수비에 나가기 전 리베라가 운비를 바라보았다.

"왜?"

"오늘은 대충 던져라. 대신 우리가 펄펄 날아줄 테니."

"리베라 말이 맞아. 보이지? 우리 등에 달린 인공지능 슈트. 연봉 다 털어서 샀다. 우리가 펄펄 날면서 다 잡아줄게."

"맞아. 에이스가 돌아온 것만으로도 우리는 사기 충전이거든. 뒤는 걱정 말라고."

"좌우 날개도 우리에게 맡겨."

인시아테와 켐프, 나아가 프리먼과 가르시아까지도 합창을 했다.

"땡큐, 하지만 설렁거리다 마이너로 밀리면 곤란하니까 밥값 정도는……."

"오케이!"

리베라가 손바닥을 내밀었다. 운비는 짝 소리가 나도록 마주쳐 줬다. 운비는 외야수들과 함께 그라운드로 뛰었다. 마운드에 서자 호흡이 가뜬했다.

짝짝짝!

스탠드에서 박수가 쏟아졌다. 돌아온 에이스에 대한 예우였다. 그 스탠드에는 윤서와 리린, 스칼렛도 보였다. 개막전이기에 특별히 시간을 내준 리린이었다.

'메츠……'

마운드에 우뚝 서서 메츠의 라인업을 생각했다. 좋았다. 다시 이런 기분을 느낄 수 있다니. 다시 메츠를 폭격할 수 있다니…….

하지만, 약간 서운한 것도 있었다. 이제는 매직 존이 보이지 않는 것이다. 수호령도 마찬가지였다. 스프링캠프 때부터 그랬다. 처음에는, 알면서도 당황했던 운비였다. 하지만 이제 별 상관이 없었다. 매직 존은 포수들과 대처할 수 있었고 수호령은 마음속에 있었기 때문이다.

―빅 유닛 황운비.

이제는 그 자체일 뿐이었다.

황운비 VS 신더가드.

양 팀의 선발투수들이었다. 재작년이라면 운비의 체급이 한없이 밀렸을 일. 하지만 올해는 전문가들도 운비의 우세를 점치는 마당이었다.

리드오프로 나선 건 그렌더슨이었다.

'초구로 천둥 한번?'

플라워스 대신 자리를 잡은 레오가 사인을 보내왔다. 그의 미트가 친구처럼 보였다.

'좋죠.'

고개를 끄덕인 운비가 초구를 쏘았다.

쾅!

공은 벼락 소리를 내며 미트에 꽂혔다. 플라워스나 스즈키의 미트질보다 앞서는 레오였다. 운비의 포심은 무려 159km/h를 찍었다. 그렌더스는 3구로 들어간 커터에 방망이가 돌았다. 공은 운비 앞으로 맥없이 굴렀다. 운비가 잡아 1루에 뿌렸다.

원아웃!

이후 8회까지 출루한 건 내야수 실책과 볼넷으로 내보낸 주자 두 명이 유일했다. 그나마 2루 도루를 노리다 레오의 견제구에 횡사하고 말았다.

8회까지의 백미는 4회였다. 2번 타자 레이에스부터 4번 세스페데스까지의 중심 타선을 오직 커터만으로 돌려세운 것. 특히 메츠의 심장이라는 세스페데스는 3구 루킹 삼진을 먹인 운비였다. 그때 이 게임 최초로 RPM 3,003을 찍었다.

RPM 3,003.

중계진들의 넋을 빼는 회전수였다. 그사이에 브레이브스의 타선이 알뜰하게 점수를 챙겼다.

상대 투수는 신더가드. 하지만 월드시리즈를 제패해 본 타자들은 전혀 주눅 들지 않았다. 더구나 마운드에는 그들의 자랑인 황이 버티고 있지 않는가?

2회 켐프의 솔로 홈런이 시작이었다. 3회를 쉬고 4회에는 리베라의 우중월 2루타로 2점을 보태놓았다. 다시 7회에 인시아테의 적시타로 2점. 5 대 0으로 앞서가는 브레이브스였다.

9회 말, 운비가 마운드에 올랐다.

"와아아!"

홈 팬들의 성원이 쏟아졌다. 메츠의 타순은 바뀐 투수 로디 살라스부터 시작이었다. 메츠 감독은 살라스를 빼고 라가레스를 대타로 냈다. 개막전부터 노히트노런을 줄 수 없었다. 그건 메츠의 자존심이 용납하지 않았다.

'후우……'

운비는 호흡을 가다듬었다. 어깨는 무사했다. 아니, 오히려 후끈 달아올라 있었다. 어쩌면 이제는 3,000 회전도 뻥뻥 꽂을 것만 같았다.

1구로 들어간 커터가 그랬다.

쾅!

대포 소리가 유난히 컸다.

"아, 방금 RPM이 얼마나 나왔나요?"

중계석의 폼멜이 소리쳤다.

"아아… 황… 3,003를 찍었습니다."

"3,003… 그럼 오늘 두 번째 3,000 돌파로군요. 이제 RPM 3,000은 황에게 애버리지가 되는 건가요?"

"에이스의 완벽한 부활입니다. 그의 어깨는 수술 전보다 더 강해진 것 같습니다."

"이렇게 되면 올해 브레이브스의 성적은 기대해도 좋을 것 같습니다. 브레이브스, 사이영상 배출을 기대해도 될 것 같습니다!"

캐스터의 좌우에 포진한 해설자들도 흥분을 감추지 못했다.

짝!

쾅!

대타에 대한 투구는 세 개로 족했다. 2구 커터는 간신히 방망이를 스쳤지만 3구는 헛스윙이 되었다.

2구의 RPM은 1,620이었고 3구는 2,960에 달했던 것이다.

'넘보지 마라, 나의 에이스가 저기 있으니…….'

공을 넘겨주는 레오의 심장이 뜨끈해졌다. 어린 운비. 그러나 누구보다 열정적이며 노력하는 투수. 레오는 알고 있었다. 그런 운비였기에 당연히 빅 리그 최고 투수로 예우받아야 한다는 걸. 그래서 행복했다.

불펜 포수에서 리그 최정상급 투수와 함께 호흡하는 지금… 그건 미치도록 행복한 일이었다.

운비는 1번 타자 그렌더슨을 돌려세우고 레이예스와 맞섰다. 이제 하나 남은 아웃 카운트. 그걸 채우면 운비의 노히트노런이 완성될 판이었다. 저물던 히어로가 완벽한 부활을 미국 전역에 알릴 판이었다.

—던져라, 황.

—미사일이 날아와도 받아주마.

—너는 나의 에이스니까.

레오가 미트를 내밀었다. 그 미트를 향해 운비가 힘찬 와인드업을 시작했다. 레오는 보았다. 운비의 투구 동작. 물결이 흐르듯 자연스럽지만 태산이 다가오듯 장쾌한 모션. 와인드업에 이어 하이코킹, 백스트록에 이어 임팩트 포인트, 팔로우 스로잉까지… 그건 마치 찰고무 근육이 보여주는 하나의 예술처럼 보였다.

콰앙!

운비의 4구가 레오의 미트에 꽂혔다. 레이예스의 배트가 필사적으로 돌았지만 어림도 없었다. 159㎞/h에 RPM 3,113. 빅리그 사상 최고의 회전수였다.

"황!"

공을 내려놓은 레오가 운비를 향해 달렸다. 노히트노런의 영웅 황운비. 제자리에서 가만히 두 팔을 벌려 레오를 맞았다.

9이닝 무실점, 무안타로 시즌 서전을 장식한 황운비, 시즌 전적 24승 3패 ERA 1.02로 그 해 사이영상을 먹었다. 그해 월드시리즈의 MVP도 다시 거머쥐었다.

시즌이 끝난 후 운비는 보라스 사단의 일원이 되어 브레이브스 구단과 마주 앉았다.

다년 계약 4억 불!

사람들이 말하는 운비의 몸값이었다. 양키스와 다저스 등의 부자 구단 쪽에서 흘러나온 액수였다. 실제로 그들은 이미 빳빳한 현금을 금고에서 꺼내두었다는 얘기까지 나왔다.

운비는 느긋했다. 이제는 4년 전과 달랐다. 잠시 후에 브레이브스 구단 관계자들이 들어섰다. 재킷 보라스는 운비의 등장 음악을 틀어놓았다.

"시작할까요?"

조용한 목소리로 구단 관계자들을 압박하는 보라스. 운비는 가만히 눈을 감았다. 소야도의 파도처럼 돈과 명예가 밀려오고 있었다. 운비가 눈을 뜨자 보라스가 계약서를 내밀었다.

"황 선수, 사인하시게."

보라스의 미소는 더없이 행복해 보였다.

운비는 만년필의 사각거리는 들으며 사인을 그려 나갔다.

사각사각 소리가 쏴아아, 쏴아아 소야도의 파도 소리처럼 들렸다. 운비 입가에 머문 미소는 보라스의 그것보다도 더 행복해 보였다.

'나는 빅 유닛이야.'

파도 소리에 맞춰 운비가 속삭였다.

『RPM 3000』 완결